ÉTUDE

SUR LA

VIABILITÉ ROMAINE

DANS LE DÉPARTEMENT DE VAUCLUSE

Par L. ROCHETIN

Ancien Magistrat

MEMBRE DE L'ACADÉMIE DE VAUCLUSE

« Les routes ont été avec le droit civil la grande
originalité du peuple romain. »

V. DURUY, *Hist. des Romains*, p. 14.

AVIGNON

SEGUIN FRÈRES, IMPRIMEURS-ÉDITEURS

13, rue Bouquerie, 13

1883

ÉTUDE

SUR LA VIABILITÉ ROMAINE

DANS LE DÉPARTEMENT DE VAUCLUSE

6

77

ÉTUDE

SUR LA

VIABILITÉ ROMAINE

DANS LE DÉPARTEMENT DE VAUCLUSE

Par L. ROCHETIN

Ancien Magistrat

MEMBRE DE L'ACADÉMIE DE VAUCLUSE

« Les routes ont été avec le droit civil la grande
originalité du peuple romain. »

V. DURUY, *Hist. des Romains*, p. 14.

AVIGNON

SEGUIN FRÈRES, IMPRIMEURS-ÉDITEURS

13, rue Bouquerie, 13

—

1883

Nous ne voulons pas publier ce mémoire sans remercier toutes les personnes qui ont eu la bonté de nous aider dans l'accomplissement souvent pénible de la tâche que nous nous étions imposée. Nous tenons à exprimer particulièrement notre reconnaissance à MM. Paul de Faucher, de Bollène; Marius Blanchet, de Châteauneuf-Calcernier; Garcin et Moirenc, d'Apt; et à M. l'abbé Fer, curé aux Imberts. M. de Faucher nous a obligeamment accompagné dans nos excursions aux environs de Bollène, et nous a donné des indications qui nous ont été très utiles pour retrouver le tracé de la voie d'Agrippa. M. Blanchet, en nous guidant à travers les collines accidentées qui s'étendent derrière Châteauneuf, nous a été d'un grand secours pour relever les erreurs de Lapise sur la direction de cette même voie. MM. Garcin et Moirenc nous ont fourni de précieux renseignements sur la voie de Milan, aux abords d'Apt. Enfin, M. l'abbé Fer a bien voulu parcourir avec nous une portion importante de celle-ci, près des Baumettes. C'est en apportant ainsi le contingent de ses observations et de ses études, que chacun concourt, dans la mesure de ses moyens, au développement de la science.

Juillet 1883.

L. ROCHETIN.

ÉTUDE

SUR LA VIABILITÉ ROMAINE

DANS LE DÉPARTEMENT DE VAUCLUSE

I

Utilité de la recherche des voies antiques pour l'histoire et la géographie anciennes.

LA recherche des voies antiques constitue une des études les plus utiles de l'archéologie qui se rattache par là d'une façon intime avec l'histoire et la géographie anciennes ; en ce qui touche celle-ci, on ne pourra dresser définitivement la carte de notre pays, lors de l'occupation romaine, que lorsque, dans ses différentes régions, la science locale aura étudié sur place et consciencieusement le réseau des anciennes voies.

Ce genre d'études a, disons-nous, une étroite relation avec l'histoire ; et, en effet, il est parfois d'un puissant secours pour résoudre certaines questions douteuses et controversées parmi les historiens. A l'appui de cette thèse, notre contrée fournit deux exemples d'évènements historiques bien connus qui ont été fort discutés dans le monde savant ; nous voulons parler du passage du Rhône par Annibal (219 av. J. C.), et du dernier campement de l'armée de Marius, un siècle environ après (102 av. J. C.), lorsque pour la première fois les Ambro-Teutons se trouvèrent en sa présence. A quel endroit précis le général carthaginois a-t-il fait traverser le Rhône à son armée ? Sur quel emplacement le vainqueur de Jugurtha établit-il son camp ? Une étude attentive des anciennes voies permet de répondre d'une façon satisfaisante à cette double question (1).

Lorsqu'un général de la valeur d'Annibal pénètre à la tête d'une armée imposante, 60,000 hommes environ, dans un pays barbare comme la Gaule, présentant à cette époque un aspect inculte et sauvage, il ne s'y aventure pas sans suivre un itinéraire marqué d'avance et sur lequel il a déjà des renseignements certains. Appien rapporte qu'Annibal, étant encore en Espagne, avait envoyé des émissaires explorer les passages des Alpes, et Polybe qui, avant d'écrire son histoire, avait parcouru tous les lieux par lesquels le général carthaginois avait passé, nous dit encore, à propos des Alpes, qu'il avait agi avec la plus grande prudence; qu'il s'était soigneusement informé de la fertilité du pays qu'il devait traverser, et des sentiments de haine qui animaient les populations à l'égard des Romains (2). Ce qu'Annibal avait fait pour les Alpes, nul doute qu'il ne l'eût fait aussi pour le Rhône, dont le passage constituait une des opérations difficiles de son entreprise; il savait certainement, en quittant l'Espagne, quelles étaient les routes qui des Pyrénées conduisaient à ce fleuve, et entre toutes, celle qu'il devait suivre de préférence pour arriver à l'endroit où la traversée s'effectuerait le plus avantageusement.

Marius, en choisissant l'assiette de son camp, avait plusieurs buts à atteindre. Les Teutons et les Ambrons s'avançaient

---

(1) M. le capitaine du génie Hennebert, (*Vie d'Annibal*, 1, p. 434 et suiv.), a traité la question du passage du Rhône, notamment au point de vue des anciennes voies ; mais, comme il a omis de signaler dans son travail la route la plus importante de la rive droite du Rhône, celle que, d'après nous, Annibal a dû suivre, nous avons voulu revenir en quelques mots sur ce sujet, et nous y avons consacré l'appendice qui est à la fin de notre mémoire. — Quant à l'emplacement du camp de Marius, M. Aurès, le savant archéologue de Nîmes, dans sa brochure intitulée : *Nouvelles recherches sur le tracé des Fosses-Mariennes*, a montré tout le parti qu'on peut tirer pour la solution de cette question, de l'étude des anciennes voies, et nous adoptons complètement les conclusions de son remarquable travail.

(2) Appien, *De rebus Hisp.*, XIII. — Polybe, III, XXXIV.

au nombre de 300,000; leur aspect était effrayant, et rien jusqu'alors n'avait pu résister à leur impétuosité. Marius redoutant pour ses troupes un engagement trop hâté, et voulant les habituer à la vue des barbares, évita tout d'abord de se mesurer avec eux ; il dut choisir une position élevée, d'une défense facile, qui lui permît de refuser le combat, en cas d'attaque, et de laquelle il pût observer l'ennemi. Mais ce n'est pas tout, et il est une condition non moins importante que le général romain devait chercher à réaliser : il fallait qu'il établît son camp à un endroit où les Ambro-Teutons étaient forcés de passer en se dirigeant vers l'Italie, afin de leur barrer la route, ou de les suivre de près et de les attaquer, quand le moment lui paraîtrait favorable. C'est donc en un point où convergeaient les différentes voies conduisant au delà des Alpes que Marius avait dû s'établir. M. Guizot n'a eu garde d'omettre cette considération importante et il a dit, en parlant des dispositions prises par le général romain : « Marius plaça son camp de manière à couvrir en même temps les deux voies romaines qui se croisaient à Arles, et par l'une desquelles les Ambro-Teutons devaient nécessairement passer pour entrer par le midi en Italie (1) ».

Nous ajoutons qu'au point de vue géographique aussi, la recherche des anciennes voies est éminemment profitable ; c'est en les suivant qu'on est mis sur la trace de localités aujourd'hui disparues ; elles nous aident à préciser leur emplacement, à déterminer leur identité, et à étudier toutes les questions intéressantes qui s'y rattachent, comme, par exemple, les monnaies, les inscriptions qui peuvent s'y rencontrer et qui sont d'un secours précieux pour l'histoire et la géographie anciennes. Il faut considérer, en effet, que, par une loi toute naturelle, les villes et les villages se trouvent sur le bord ou dans le voisinage des routes ; les centres de population doivent être facilement accessibles ; c'est la pre-

(1) Guizot, *Hist. de France*, p. 42.

mière condition de leur vie et de leur développement. La
science géographique doit donc, comme sa sœur l'histoire,
retirer les plus grands avantages de ces études spéciales.

L'intérêt multiple qui en découle étant démontré, il ne
faut pas s'étonner si, dans toutes les parties de la France,
les savants recherchent avec ardeur le tracé des voies romaines. Sans nous éloigner de notre contrée, nous constatons
que, dans les départements limitrophes de celui de Vaucluse,
l'ancienne viabilité a été l'objet de travaux sérieux, et que
pour plusieurs, le réseau de ces vieux chemins a été complètement reconstitué : M. Charvet a publié, il y a quelques
années, un mémoire très complet sur les voies romaines
chez les Volkes Arécomiques (1). M. Florian Vallentin a
complété, dans une récente étude de géographie ancienne,
le travail qu'il avait déjà fait paraître sur la voie de
Lyon à Arles, en la reliant, cette fois, avec les principales
routes qui desservaient le pays compris entre le Rhône et
les Alpes (2). La voie d'Arles aux Alpes Cottiennes a été, dans
son passage entre Sisteron et Apt, l'objet d'une étude particulière de la part de M. Damase Arbaud et de M. Pelloux (3).
M. Gilles a relevé patiemment dans un volumineux mémoire
qui va être publié, le tracé des anciennes voies à travers le
département des Bouches-du-Rhône. Enfin, l'année derrière,
la Société scientifique de l'Ardèche a accordé une mention
honorable à l'auteur d'un travail sur celles de ce département, et, comme le sujet n'avait pas été suffisamment appro-

---

(1) G. Charvet, *Les voies romaines chez les Volkes Arécomiques*, Alais, 1874.

(2) Dans son travail intitulé *Les Alpes Cottiennes et Graies*, M. Florian
Vallentin a déterminé, sur ces différentes voies, les stations indiquées
par les Itinéraires, et donné l'énumération des bornes milliaires qui ont été
trouvées sur leur parcours. Ce mémoire géographique devait avoir deux
parties, mais la mort prématurée de l'auteur, si regrettable pour la
science, l'a empêché de le terminer.

(3) Damase Arbaud, *La voie romaine entre Sisteron et Apt*, Paris, 1868. —
Pelloux, *La voie Domitienne entre Sisteron et Apt*, Marseille, 1883.

fondi, cette société, à l'instigation de son actif et intelligent secrétaire, M. d'Albigny, l'a de nouveau proposé pour les concours de 1883 et 1884, avec un prix de 500 fr. pour l'auteur du meilleur mémoire. Les voies romaines sont donc sur le point d'être entièrement connues autour de nous. Le département de Vaucluse allait rester en arrière et laisser comme une lacune dans cet ensemble de travaux archéologiques. Nous avons eu la pensée de rechercher le tracé des deux grandes voies qui le traversaient, l'une, celle de Lyon à Arles, du nord au midi ; l'autre, d'Arles au mont Genèvre, du couchant au levant, avec l'espoir que ces premiers jalons aideront à retrouver les voies secondaires, et à reconstituer ainsi le réseau complet de l'ancienne viabilité dans ce département.

II

Organisation et pacification de la Gaule par Auguste et Agrippa. — Lyon devenu la capitale des trois Provinces Chevelues et relié par quatre grandes voies avec toute la Gaule ; celle de la rive gauche du Rhône traversant, du nord au midi, l'ancien territoire cavare. — Route d'Arles à Milan par les vallées du Calavon et de la Durance.

La Gaule une fois conquise, il fallut l'organiser. Auguste accomplit cette grande œuvre, et il y fut admirablement secondé par Agrippa, son ministre. Ce pays barbare, subissant l'influence civilisatrice de Rome, s'abandonna à l'impulsion puissante imprimée à son administration par l'empereur, et se convertit rapidement aux mœurs et aux idées romaines. « Il était beau, a écrit M. G. Boissier, de conquérir la Gaule en dix ans ; mais ce qui fut plus remarquable encore, c'est de l'avoir rendue si vite romaine.... Quelques années de repos suffirent pour dompter ces cœurs rebelles et les assujettir pour jamais au vainqueur. Il n'y a peut-être pas d'autre exemple d'une nation noble, généreuse, qui se soit résignée si aisément à sa défaite (1) ». En effet, si l'on excepte quelques révoltes partielles qui furent facilement étouffées, comme celle de l'Éduéen Sacrovir, sous Tibère, la Gaule considérée dans son ensemble, resta constamment fidèle aux Romains. Cette soumission s'explique par l'ordre et la paix profonde qu'Auguste fit régner dans ce pays, et aussi par la civilisation brillante qui succéda à la barbarie dans laquelle la Gaule était plongée et dont elle aurait eu tant de peine à sortir, si elle était restée livrée à elle-même. Ce double et magnifique résultat de la civilisation au sein de la paix fut la conséquence de la nouvelle organisation imaginée par Auguste ; il y montra « cette habileté patiente, cet art d'assoupir et d'éteindre qui furent tout son génie (2). »

Mais ce n'était pas seulement la Gaule qui avait besoin de repos ; les vingt années de guerres civiles qui venaient de s'écouler avaient ruiné bien des provinces. Après tant d'agitations et de luttes, l'ordre et la paix que le nouveau gouvernement apportait furent reçus avec enthousiasme, et de toutes les parties de l'empire s'éleva, pour les exalter, un véritable concert de louanges. Ce dut être vraiment un spectacle majestueux que celui de cet immense état jouissant d'une paix universelle, à la faveur de laquelle la vie et la civilisation pénétrèrent jusque dans les provinces les plus reculées. « La terre et la mer étaient sûres, les villes paisibles et prospères, les montagnes et les vallées en culture, toutes les mers couvertes de navires occupés d'effectuer l'échange mutuel des produits de tous les pays. On ne voyait plus nulle part ni guerres, ni batailles, ni hordes de brigands, ni flottes de pi-

(1) *Revue des deux mondes* du 15 août 1881.
(2) V. Duruy, *Hist. des Romains*, p. 48

rates, mais on pouvait, en toute saison, voyager et naviguer sans crainte entre l'Orient et l'Occident (1). »

Les nombreuses routes qu'Auguste fit ouvrir ou restaurer, à travers le monde romain, furent comme les artères de ce grand corps par lesquelles la vie pénétra partout.

Par suite de l'organisation nouvelle de la Gaule, Lyon était devenu la capitale religieuse des trois Provinces Chevelues, *caput Galliarum*. Il importait dès lors de la relier avec tous les points du territoire. Strabon nous apprend que de ses murs partirent quatre grands chemins qui rayonnèrent dans tous les sens jusqu'aux extrêmes limites du pays. Auguste chargea son ministre Agrippa de ce beau travail. Le premier se dirigea vers la Saintonge, à travers les Cévennes ; le second atteignit les bouches du Rhin ; le troisième, le littoral de la Manche ; enfin, le quatrième, suivant la rive gauche du Rhône, traversa la Narbonnaise du nord au sud et notamment le pays occupé par la population celtique des Cavares (2). Nous verrons plus loin que, quant à ce dernier chemin, tout au moins, il ne s'agissait que d'une simple restauration.

Il était une autre grande route faisant communiquer directement, dès les temps les plus reculés, le pays cavare avec l'Italie, qu'il importait aussi de réparer complètement, afin de rendre encore plus fréquents les rapports qui s'étaient établis entre les deux contrées : c'est celle qui, ayant son point de départ à Arles, passait à St-Rémy et à Cavaillon et, après avoir remonté les vallées du Calavon et de la Durance, franchissait les Alpes Cottiennes, au mont Genèvre, et aboutissait à Milan. Nous croyons qu'il faut attribuer encore à Auguste la restauration de cette seconde voie.

(1) Friedlaender, *Mœurs rom. d'Auguste aux Antonins*, trad. Vogel, 2, p. 335.

(2) Strabon, *Géog.*, IV.

Avant de reproduire le tracé de ces deux routes à travers le département de Vaucluse, il convient que nous disions quelques mots du pays qu'elles desservaient et du peuple qui l'occupait.

III

Limites du pays cavare proprement dit. — Ses villes ou *oppida* : *Avenio, Cabellio, Arausio, Vindalium.* — Première civilisation apportée par les Massaliotes ; Avignon et Cavaillon devenus villes grecques. — Orange, colonie romaine avec droit de cité sous César. — Territoire cavare formant six *civitates.* — Administration des villes ; leur prospérité due, en partie, à la viabilité romaine.

COMME notre travail n'embrasse que le territoire cavare proprement dit et celui du petit peuple des *Vulgientes,* que nous considérons comme ayant fait partie, à titre de clients, de la confédération des Voconces (1), nous ne nous occuperons spécialement que des limites de ces deux peuples, et particulièrement du premier.

Les Cavares, dont le territoire général y compris celui des *Tricastini* et des *Segallauni,* leurs clients, s'étendait, au nord, jusqu'à l'Isère, étaient vraisemblablement séparés du premier de ces peuples par les derniers contreforts du massif montagneux qui s'étend jusqu'à la rive gauche du Lez. Les limites septentrionales de l'ancien diocèse d'Orange, qui s'arrêtaient au bord de cette rivière, semblent devoir être adoptées comme reproduisant assez exactement cette délimitation. Le nom de *Barri,* que porte le hameau situé un peu plus

(1) Les *Fines* ou frontières qui, d'après les Itinéraires, séparaient le territoire des *Cavari* de celui des *Vulgientes,* doivent faire considérer ce dernier peuple comme ayant dépendu des *Vocontii.*

haut, paraît renfermer, comme tous les noms analogues, l'idée d'une limite, d'un lieu de péage, et vient encore confir- mer cette donnée. .

Au sud, la limite des Cavares était la Durance. Strabon, dont les renseignements sont très précis, ne laisse aucun doute sur ce point : « A partir de Massilia, dit-il, si l'on avance dans le pays compris entre les Alpes et le Rhône, *jusqu'à la Durance*, on trouve les Salyens qui occupent un territoire de 500 stades; le bac vous passe à Cavaillon, *et tout le pays qui suit est celui des Cavares, jusqu'à la rencontre de l'Isère et du Rhône* (1). »

A l'ouest, le Rhône séparait les possessions cavares de celles des Volces Arécomiques. Strabon est encore formel à cet égard, puisqu'on y lit, un peu plus loin : « De l'autre côté du Rhône, la plus grande partie du pays est occupée par les Volces que l'on appelle Arécomiques. *Leur territoire est contigu au Rhône, et ils ont devant eux, sur la rive opposée, les Salyens et les Cavares* (2). » Tite-Live nous dit bien que, lors du passage du Rhône par Annibal, (219 av. J. C.), les Volces Arécomiques s'étendaient sur les deux rives du fleuve, mais il est probable que cette occupation ne fut que momentanée et que les Volces ne tardèrent pas à se retirer sur la rive droite (3).

Quant aux frontières de l'est, il n'est pas aussi facile d'en indiquer le tracé, et pour celles-ci, nous en sommes réduits aux données générales qui nous sont fournies par Strabon, lorsqu'il nous dit qu'à la différence des Salyens qui occupent la plaine et la montagne, les Cavares n'occupent que la plaine, laissant le pays montagneux aux Voconces. Nous remar-

(1) Strabon, *Géog.*, IV.
(2) Idem.
(3) « *Colunt autem (Volcæ Arecomici) circa utramque ripam Rhodani.* » Tite-Live, XXI, 26.

quons que du côté qui nous occupe, les limites des anciens
diocèses s'harmonisent assez bien avec ces indications. Si, en
effet, à partir du coude que forme, à l'est, la rivière du Lez
pour remonter vers le nord, nous suivons les limites diocésaines, nous reconnaîtrons qu'à peu de chose près, la ligne
de démarcation des anciens diocèses d'Orange, d'Avignon et
de Cavaillon s'arrête au pied des différents massifs montagneux occupés par les Voconces. Le petit peuple des *Memini*,
dont le territoire s'étendait au midi de la chaîne à l'extrémité
de laquelle se dresse le mont Ventoux, *Mons ventosus* (1),
paraît s'être avancé dans la plaine, du côté du couchant, jusqu'à la Sorgue ; c'est en tenant compte de cette situation, que
les géographes l'ont considéré comme faisant partie de la
confédération des Cavares plutôt que des Voconces. Au sud-

---

(1) Cette montagne, un des hauts sommets de France (1912 m.), avait
reçu des anciens la dénomination de *Mons ventosus*, Mont du vent, soit à
cause du vent particulier qui souffle du côté où elle est située, soit plutôt
parce que, vu son élévation, elle est exposée plus qu'aucune autre aux
terribles coups du vent du nord-ouest ou *mistral*.

Son nom latin s'est conservé pendant le moyen-âge et c'est toujours sous
la dénomination de *Mons ventosus* qu'on la trouve désignée dans les chartes des XIII⁰ et XV⁰ siècles (V. Donation du mont Ventoux par Barral
des Baux à la communauté de Bédouin ; Concession des franchises et li-
bertés accordées aux habitants de Bédouin par le même, XIII⁰ siècle ; Délimitation du mont Ventoux, XV⁰ siècle. — Archives de la commune de Bédouin, cote D D, 1. — Renseig. fournis par M. Duhamel, arch. du département de Vaucluse).

Aujourd'hui, cette montagne s'appelle le Ventoux. F. Mistral (3⁰ chant
de *Mireille*, note 8) voudrait qu'on écrivît ce mot par un *r*, et non pas
par une *x*, parce que, dit-il, « les populations voisines de cette montagne
prononcent unanimement *ventour*. »

Cette assertion n'est pas exacte : s'il est vrai que dans certaines contrées l's s'est changée en *r*, et qu'on prononce en provençal *Ventour*, dans
d'autres, comme à St-Rémy (Bouches-du-Rhône), et du côté de Sérignan
(Vaucluse), on dit *Ventous*, en faisant sentir l's finale ; nous en concluons
qu'en français on devrait écrire de préférence : Ventous ; cette dernière or-
thographe serait, en effet, plus conforme à l'étymologie latine.

est, le diocèse de Cavaillon finissait à peu près à l'endroit où nous croyons devoir placer les limites ou *Fines* qui séparaient, dans l'antiquité, le territoire des Cavares de celui des *Vulgientes*. Nous disons à peu près, car, si l'on adopte notre opinion sur ces limites, il faudrait avancer un peu, à l'ouest de l'ancienne limite diocésaine, la frontière ayant existé entre ces deux peuples, afin de tenir compte, d'une part, de la configuration topographique, et de l'autre, de ne pas laisser en arrière le *pagus* des *Vordenses* ou Gordes, qui, d'après une inscription connue d'Apt, doit être considéré comme ayant dépendu plutôt de cette *civitas* que de celle de Cavaillon (1).

Les villes du territoire cavare proprement dit, qui devinrent la plupart belles et peuplées, lors de l'occupation ro-

---

(1) L'inscription d'Apt, d'après laquelle Gordes était un *pagus* compris dans la *civitas* de *Julia Apta*, n'a pas toujours été publiée exactement ; en voici une copie fidèle, d'après l'estampage que nous en avons pris nousmême, avec l'assistance de M. Garcin, d'Apt :

C · ALLIO · C · FIᴸ
VOLT · CELERI
IꟾIVIR · FLAM
aVGVR · COL · I
APT · EX · V̄ · DEC.
VORDENSEˢ
PAganI.
patronO.

Cette inscription est de la belle époque. La pierre rectangulaire, sur laquelle elle est gravée, et qui mesure 1 m. 05 de hauteur, sur 0 m. 60 de largeur et d'épaisseur, servait de piédestal à la statue élevée par les habitants du *pagus* de Gordes à leur patron. On peut la voir aujourd'hui dans la crypte la plus basse de l'église d'Apt. Elle a été ultérieurement creusée, à sa partie postérieure, en forme d'auge pour servir de sépulture. Sur la face latérale de gauche est sculpté en bas-relief le bonnet de flamine surmonté de *l'apex*. Sur celle de droite le *lituus* ou bâton augural et le *simpuvium* ou vase des sacrifices. Ce sont les attributs des deux principales dignités dont était revêtu *Caius Allius Celer*. Chaque face de cet intéressant monument est encadrée dans une moulure.

2

maine, avaient commencé, comme chez tous les peuples
gaulois, par être de misérables villages, grossièrement forti-
fiés, des *oppida* occupant des sommets escarpés. Nous
connaissons leurs noms, et, sous leur forme latine, il est facile
d'apercevoir leur physionomie celtique. Ces principales ag-
glomérations étaient : Avignon, *Avenio ;* Cavaillon, *Cabellio ;*
Orange, *Arausio,* et une quatrième, de moindre importance,
n'ayant laissé dans l'histoire qu'une trace fugitive, *Vindalium.*
M. Sagnier l'a placée avec juste raison sur ie plateau de Sève,
escarpé et isolé au milieu de la plaine qui s'étend entre les
villages de Sorgues et d'Entraigues, et admirablement disposé pour servir d'assiette à un *oppidum* gaulois (1).

Quant à la ville d'*Aeria,* sur la situation de laquelle on a
tant discuté, c'est sur la colline de Barri qu'il convient de
fixer son emplacement ; si l'on s'en rapporte aux anciennes
délimitations diocésaines d'Orange, cette localité ne faisait
pas partie du territoire cavare proprement dit, mais bien de
celui des *Tricastini* (2).

---

(1) Les commentateurs ont placé *Vindalium* en bien des endroits différents ; il était réservé à M. Sagnier, notre confrère à l'Académie de Vaucluse, de déterminer l'emplacemeut de *l'oppidum* cavare qui, en l'an 121
avant J.-C., fut témoin de la terrible défaite infligée aux Allobroges par
le consul *Cneius Domitius Ahenobarbus.* A 2 kilomètres au nord du village
de Vedènes, s'élève, au milieu de la plaine, une éminence surmontée d'un
vaste plateau, connu dans le pays sous le nom de plateau de Sève. C'est
là qu'il faut placer *Vindalium* : la configuration de cette colline isolée,
disposée comme tous les *oppida* gaulois, jointe aux débris de poterie celtique qu'on y trouve en abondance et aux nombreuses sépultures qu'on y
a mises à découvert, ne peut laisser de doute à cet égard. Ainsi que cela
est arrivé souvent, le nom de l'oppidum disparu a été adopté par la localité la plus voisine, et celui de Vedènes n'est autre que le mot corrompu
de *Vindalium.*

(2) *Aeria* était devenu, au rapport de Pline, un des *oppida latina* de la
Narbonnaise. (Pline, III, 5).

Nous croyons, avec certains archéologues des plus autorisés, qu'il faut
placer cette antique localité sur la montagne où est actuellement situé
le hameau de Barri.

Il est à remarquer que Strabon(*Géog.,* IV),énumérant les villes cavares, les

Conformément à une coutume que nous trouvons pratiquée au delà du Rhône, chez les Volces Arécomiques, les trois premiers *oppida* dont nous venons de parler avaient

superpose, en allant du midi au nord, dans l'ordre suivant : Cavaillon, Avignon, Orange, et, après cette dernière, *Aeria*. Nous en concluons que celle-ci devait être au-dessus d'Orange, et dans ce cas, elle trouve parfaitement sa place à Barri.

Si les Itinéraires ne mentionnent pas *Aeria* parmi les stations de la voie de Lyon à Arles, c'est qu'elle en était distante de 2 kilomètres au nord-est ; on n'y parvenait que par une voie secondaire qui se détachait de la principale, au dessus de St-Pierre-de-Sénos, l'ancien *Senomagus*.

Le nom d'*Aeria*, d'après Artémidore, lui venait de sa position au sommet d'une montagne, et signifiait en quelque sorte *ville aérienne*. Si, comme nous le croyons, elle était placée sur celle de Barri, c'est-à-dire à 237 mètres d'altitude, elle méritait d'autant mieux cette épithète, qu'étant située dans la vallée du Rhône, elle était, plus que toutes les villes de cette région, battue par le vent impétueux du nord-ouest ou mistral. *Aeria* voudrait peut-être dire non pas seulement ville élevée, *ville aérienne*, mais *ville exposée au vent.*.

Parmi les nombreuses antiquités de toutes sortes qui ont été trouvées sur la montagne de Barri, il faut surtout signaler les monnaies anciennes : on en a recueilli en abondance d'origine celtique, massaliote et romaine, ce qui prouve que cet endroit a été, à toutes les époques de l'antiquité, un centre de commerce important. Au moyen-âge, l'agglomation qui avait succédé à la localité antique, prit le nom de *Barre* ou *Barri* qui signifie, en langue romane, rempart, barrière, et se retrouve souvent en des lieux où ont existé de très anciens péages. Remarquons que, dans l'antiquité, *Aeria* était la première ville que l'on rencontrât sur le territoire des *Tricastini*, en quittant celui des *Cavari*, et il n'y aurait rien d'étonnant à ce que, même avant l'occupation romaine, on y eût perçu un droit de péage, pour passer d'une peuplade chez l'autre.

Qu'on place *Aeria* sur la montagne de Barri ou ailleurs, il reste à interpréter la phrase de Strabon où parlant de la région au milieu de laquelle cette ville est située, il dit : « qu'elle est toute en plaines et en pâturages *excepté la partie qui s'étend entre Acria et Luerion ou Durion où se trouvent des passages étroits et boisés.* » Il n'est pas facile d'en trouver l'application à cause des mots Luerion et Durion, dont les archéologues cherchent encore l'identification. Ces dénominations ne recevront peut-être jamais une explication tout à fait satisfaisante, surtout si, comme quelques-uns le pensent, il ne faut y voir qu'une erreur de copiste. (Strabon, *Géog.* IV).

emprunté le nom du cours d'eau ou de la source qui coulait au pied du rocher sur lequel ils s'étaient retranchés : Cavaillon, *Cabellio*, avait sans doute tiré le sien du Calavon, au confluent duquel il était placé. Orange, *Arausio*, avait pris, non pas celui de la rivière d'Eigue, comme l'ont écrit certains auteurs, mais bien celui d'une source, l'*Araïs*, qui sort à peu de distance de l'ancien oppidum, au bord du petit cours d'eau qu'on appelle la Meyne, et qui probablement avait été de la part des Celtes du pays l'objet d'un culte religieux (1). Le nom d'Avignon avait été formé du mot gaulois *aouen* ou *aven*, qui dans cette langue signifie *eau, cours d'eau*, et voulait probablement dire la ville du cours d'eau ou du fleuve par excellence (2).

Aucun auteur ancien ne nous a fait connaître celle de ces villes qui occupait le premier rang et était considérée comme la capitale des Cavares, mais en tenant compte de la situation exceptionnellement favorable d'Avignon qui, seule de ses voisines, était placée au bord du Rhône, la grande voie fluviale de la Gaule depuis les temps les plus reculés, nous ne croyons pas nous tromper en lui accordant la prééminence. C'est grâce à cette situation, qu'elle avait dû de devenir, depuis longtemps déjà, un comptoir phénicien, car c'est ainsi qu'il faut interpréter l'existence sur son rocher d'un temple d'Hercule. Nous savons, en effet, qu'il ne faut voir dans cette appellation, chaque fois qu'on la rencontre quelque part, que le nom grécisé par les Massaliotes leurs successeurs, du Melkarth des Phéniciens, la principale divinité

---

(1) La racine celtique *ar* renfermant l'idée de source, cours d'eau, a servi à composer un très grand nombre de noms de fleuves ou de rivières. Il y a lieu de rapprocher particulièrement de celui de l'*Araïs* le nom de l'*Ara111is*, Hérault, et de le considérer comme identique.

(2) *Vasio*, Vaison, capitale des Voconces, avait également emprunté le nom de la rivière de l'Ouvèze, *Ovide*, au bord de laquelle elle était située.

de ce grand peuple de navigateurs, le symbole de la puissance commerciale et des entreprises aventureuses (1).

Toutefois, les Cavares ne sortirent réellement de leur état de barbarie et ne commencèrent à se civiliser, que lorsque la ville grecque de Marseille, *Massalia*, ayant atteint, grâce à son commerce, un haut degré de prospérité, elle agrandit son territoire et étendit au loin son influence. Non seulement elle fonda des colonies sur tout le littoral, mais elle se développa assez avant dans l'intérieur des terres; certaines villes gauloises devinrent des comptoirs Massaliotes et de véritables villes grecques; Avignon et Cavaillon furent de ce nombre (2). Leur situation avantageuse en fut cause : placées au carrefour de routes importantes et au bord de cours d'eau navigables, elles étaient d'un accès facile pour les négociants de *Massalia*.

Avignon surtout paraît avoir reçu de la grande cité commerçante de la Méditerranée une impulsion exceptionnelle et avoir pris, à cette époque, une prééminence marquée sur les autres villes, ses voisines. Cette prépondérance qui s'explique par sa position sur les bords du Rhône, incessamment

(1) D'après une tradition avignonaise qui a été recueillie par quelques auteurs, (J. Guérin, *Panorama d'Avignon*, p. 139 ; et J. Courtet, *Dict. des com. du département de Vaucluse*, au mot *Avignon*), un temple dédié à Hercule s'élevait sur le Rocher. La statue de ce Dieu aurait même subsisté jusqu'au XIVe siècle, époque à laquelle le pape Urbain V l'aurait détruite, en la faisant servir à la construction de la partie du palais qui s'est élevée sous son pontificat.

(2) « Καβελλιών, πόλις Μασσαλίας. » Artémidore, cité par Étienne de Byzance.

« Αὐενίων, πόλις Μασσαλίας πρὸς τῷ Ῥοδανῷ. » Étienne de Byzance.

L'épitaphe bilingue trouvée à Avignon, sur la Place de l'horloge, vers 1851, et récemment publiée dans la *Revue épigraphique du midi de la France*, sous le numéro 408, vient confirmer le témoignage des auteurs anciens, en montrant que dans cette ville, comme à Marseille et à Arles, la langue grecque était restée, sous l'occupation romaine, aussi usitée que la langue latine.

parcouru par les Massaliotes, nous est attestée par ce fait particulier que, seule des cités cavares, elle eut un monnayage
grec. C'est alors, en effet, que se frappèrent à Avignon ces cu-
rieuses monnaies d'argent et de bronze où l'image du sanglier gaulois se marie avec le type de l'Apollon Massaliote
et le nom de la ville gravé en caractères grecs. L'adaptation
de cet alphabet à la langue celtique, l'association des bril-
lantes divinités de la colonie phocéenne aux emblèmes
grossiers de la Gaule, nous donnent une idée du mélange
qui s'opéra dans nos contrées du midi entre ces éléments
disparates, et les monnaies faites à l'imitation de celles de
Marseille sont comme le symbole de l'élégante civilisation
qui vint se superposer aux mœurs barbares de notre pays (1).

L'influence du commerce et de la civilisation Massaliotes
dans la vallée du Rhône dut être décisive alors surtout que
l'*oppidum* celtique d'Arles, *Arelate*, se fut grécisé. Cette
bourgade, qui prit le surnom de *Théliné*, la fertile, devint en
même temps qu'un entrepôt considérable, une belle et floris-
sante ville grecque. Admirablement placée au sommet du
delta du Rhône, elle servait, pour ainsi dire, de trait d'union
entre la navigation maritime et la navigation fluviale. Le
vers d'Ausone :

« Pande, duplex Arelate, tuos blanda hospita portus (2). »

fait supposer qu'elle était pourvue en même temps d'un port

---

(1) On connaît cinq types de monnaies grecques frappées à Avignon. Les
deux plus anciennes, qui paraissent remonter à la cinquième époque du
monnayage Massaliote, et qui sont l'une en argent, l'autre en bronze, portent l'image du sanglier. En voici la description :

    Argent :
Tête d'Apollon laurée à gauche.
R. AOYE. Sanglier en course à gauche ; dessous, un croissant.
    Bronze :
Tête d'Apollon laurée à gauche.
R. AYE. Sanglier en course à gauche.
(De la Saussaye, *Numism. de la Gaule Narb.*, p. 137 et planche XVI).
(2) Ausone, *Clar. Urb.* VIII.

maritime situé au midi de la ville, non loin de l'endroit où la Fosse Marienne débouchait dans le Rhône, et où remontaient de la mer des vaisseaux de toutes dimensions, et un port sur le fleuve pour les bateaux qui le descendaient (1).

L'abandon consenti par Marius aux Massaliotes de la Fosse Marienne dut aussi augmenter singulièrement l'importance du trafic qui se fit sur le Rhône. Le consul romain avait ainsi récompensé les services que ce peuple lui avait rendus pendant sa campagne contre les Ambro-Teutons, en faisant remonter sur leurs bâtiments jusqu'à son camp les approvisionnements nécessaires à ses troupes. Ce canal, qui permettait aux navires d'éviter la barre du Rhône, fut pour les Massaliotes la source d'un revenu considérable ; ils y percevaient un péage sur tous les bateaux qui s'y engageaient pour remonter ou descendre le fleuve (2).

Les Cavares durent donc de sortir de l'état de barbarie dans lequel ils seraient restés plusieurs siècles encore à leurs relations suivies, pendant cette période, avec les Grecs de Marseille ; cette civilisation les avait très bien préparés à recevoir celle de Rome.

La Province romaine ne s'était composée tout d'abord que du territoire ayant appartenu aux Ligures et aux Salyens, c'est-à-dire du pays situé entre la Méditerranée et la Durance ; mais la contrée comprise entre cette rivière et l'Isère ne tarda pas à en faire partie. Elle était occupée, nous l'avons déjà vu, par les Cavares et les Voconces. Ceux-ci furent réunis à la Province après deux engagements dans lesquels ils furent défaits ; les premiers s'étaient soumis volontairement.

---

(1) La situation des deux ports d'Arles, telle que nous venons de l'indiquer, a été imaginée par M. Aurès. (Aurès ; *Nouvelles recherches sur le tracé des Fosses Mariennes*, p. 77, Nîmes, 1873).

(2) Strabon, *Géog.*, IV.

Conquise de bonne heure et placée aux portes de l'Italie, la Province s'était vite romanisée. La beauté de son climat et sa fertilité avaient attiré la population italienne, et dès les premiers temps, elle s'était couverte de colonies. D'après M. Herzog, c'est au temps même de Jules César qu'il faut faire remonter l'établissement d'un grand nombre d'entre elles. A l'exemple des Gaulois qui devenaient citoyens romains, les villes qui recevaient le *jus civitatis*, ajoutaient à leur vieux nom celtique un nom romain, et, comme beaucoup d'entre elles le tenaient de César, c'est son nom qu'elles prenaient de préférence.

Plusieurs villes cavares se trouvèrent dans ce cas. Celle que nous devons placer en tête de toutes les autres c'est Orange. Elle était au nombre des quatre colonies de la Province romaine qui avaient reçu le droit de cité en l'an 46 av. J.-C., c'est-à-dire peu de temps avant la mort de César, et de toutes celles du pays cavare, c'est la seule où l'on envoyé des colons. Devenue une des plus grandes et des plus belles villes du pays, elle avait ajouté à son nom gaulois d'*Arausio* ceux de *Julia* et de *Secundanorum* en souvenir de son fondateur et des vétérans de la seconde légion qui s'étaient partagé son territoire (1).

(1) Une inscription de Nîmes (Henzen, n° 5231) nous a fait connaître les noms de la colonie romaine d'Orange ; elle était désignée comme suit : *Colonia Firma Julia Secundanorum Arausio*.

Les trois colonies qui furent établies dans la Province romaine, en même temps qu'Orange, sont Béziers, *Biterræ*, Arles, *Arelate*, et Fréjus, *Forum Julii*. Celle de Narbonne, fondée antérieurement, reçut, à la même époque, de nouveaux colons. Chacune d'elles prit le nom d'une légion de César, ce qui amène à penser qu'elles furent colonisées avec les vétérans de ces légions. C'est Tibère Claude, père de Tibère, qui avait été chargé de les conduire au-delà des Alpes. (Suétone, *Vie de Tibère*, IV ; Pomponius Méla, II, 5 ; Pline, III, 4).

M. Mommsen pense cependant que ces colons n'étaient pas des vétérans dont la plupart, dit-il, s'établirent en Italie, et que les villes dont nous nous occupons ne prirent le nom des légions qu'en souvenir seulement des services qu'elles avaient rendus pendant la conquête de la Gaule. (Mommsen, *Hist. romaine*, 1re éd , VII, p. 253).

La colonie d'Avignon, qui remonterait également au temps
de César (1), n'obtint jamais que le droit latin. A son premier nom de *Julia* elle ajouta plus tard celui d'*Hadriana*, ce
qui ferait supposer que, comme beaucoup d'autres villes, elle
avait été l'objet de la munificence de l'empereur Adrien, et
qu'en reconnaissance, elle avait adopté son nom (2).

Cavaillon, dont la colonie serait aussi ancienne (3), était
seulement, comme celle d'Avignon, de droit latin. On possède de cette ville une monnaie d'argent d'un très petit
module qui porte, au revers, le nom de Lépide, l'un des
triumvirs (4).

Chacune des trois villes précitées forma une *civitas* indé-
pendante, dont le territoire est représenté par les délimitations des anciens diocèses (5). Si l'on y ajoute les chefs-lieux

(1) Herzog, *Galliæ Narbonensis provinciæ romanæ historia*, p. 86.

(2) C'est par Pline que nous savons qu'Avignon et Cavaillon étaient
des colonies de droit latin ; il désigne ces deux villes sous la dénomination
d'*oppida latina*. (Pline, III, 4).

Une inscription trouvée à Apt a fait connaître les noms de la colonie d'A-
vignon : *Colonia Julia Hadriana Avenniensis* (*Vie d'Esprit Calvet*, par J.
Guérin, p. 65).

(3) Herzog, idem, p. 86.

(4) ·La colonie de Cavaillon est simplement désignée par ces mots :
Colonia Cabellio.

La monnaie d'argent de Cavaillon frappée à l'époque du second
triumvirat, porte :

A l'avers, la tête de la nymphe locale *Cabellio* à droite, les cheveux
nus et retroussés par derrière et des tresses tombant le long du cou,
avec l'exergue : CABE.

Au revers, une corne d'abondance au milieu d'une couronne de laurier,
avec l'exergue : LEPI.

(De la Saussaye, *Numism. de la Gaule Narb.*, p. 142 et pl. XVII).

(5) On connaît le nom d'un des *pagi* de la *civitas* d'Orange ; c'est le
pagus Minervius. Cet ancien canton est désigné dans une inscription gravée sur une petite stèle cintrée qui fut trouvée, il y a
une trentaine d'années, au bord du segment de la voie d'Agrippa
situé au nord d'Orange et connu, dans le pays, sous le nom vulgaire
de *camin reiau*. Nous tenons cet important renseignement du savant

des trois petits peuples qui sont considérés comme ayant été
les clients des Cavares, et compris, par cela même, dans la
confédération, c'est-à-dire *Valentia*, Valence, des *Segallauni; Augusta Tricastinorum*, St-Paul-Trois-Châteaux,
des *Tricastini; Carpentoracte*, Carpentras, des *Memini* (1) ,
on aura, dans toute l'étendue du territoire cavare, un total

conservateur du musée d'Avignon ; M. Deloye a vu le monument
en question à l'endroit même où il avait été découvert, c'est-à-dire à
gauche de l'ancienne voie, en partant de la rivière d'Eigue et un peu
avant d'arriver au chemin qui conduit directement de Piolenc à Sérignan.

Depuis, cette pierre a été déposée dans le théâtre antique d'Orange et
l'inscription en a été publiée par M. Allmer, dans le *Bulletin archéologique
de la Drôme*, an. 1874, p. 353. Mais ce savant, qui en ignorait la provenance, et qui n'avait à sa disposition qu'une copie infidèle de l'inscription,
l'a reproduite inexactement et n'en a donné qu'un commentaire incertain.
Elle doit se lire comme suit :

O P · P A G I
M I N E R V I
P · D I

M. Allmer, qui sait aujourd'hui dans quelles conditions l'inscription a
été découverte, et qui traduit les deux premières lignes par *opus pagi Mi-
nervii*, pense qu'il s'agit d'un travail de construction ou d'entretien exé-
cuté par les habitants du *pagus Minervius* sur la voie romaine. Quant à
la troisième ligne, qui marque l'étendue de ce travail en sigles d'une interprétation difficile, il hésite à la traduire par *passus* DCIXXX, c'est-à-
dire 629 pas.

Quoi qu'il en soit, cette inscription présente cet intérêt qu'elle nous ré-
vèle le nom d'un ancien *pagus* et peut-être aussi sa situation ; il est vraisemblable, en effet, que son territoire bordait la voie romaine à partir du
point où la stèle a été trouvée et, en s'éloignant d'Orange, dont le *pagus*
devait s'étendre jusque-là.

(1) Carpentras était aussi devenu de bonne heure une colonie de droit latin, sous le nom de *Colonia Julia Meminorum*. C'est ainsi qu'elle se trouve
désignée dans un fragment d'inscription funéraire du Musée Calvet, cata-
logué sous le n° 52 et ainsi conçu :

M
. . . COL · IVL · MEM · HERED · EX · TESTAMENTO.

de six *civitates*. Elles continuèrent, sous Auguste, à faire partie de la Province romaine, qui prit alors le nom de Narbonnaise, de Narbonne, sa capitale religieuse.

Sous l'intelligente impulsion de leurs magistrats municipaux, ces villes avaient pris l'aspect de villes romaines; les mêmes goûts et les mêmes mœurs s'y étaient développés; les magnifiques monuments qui étaient l'orgueil de l'Italie les décoraient également. Les temples y avaient acclimaté les dieux de Rome; les théâtres, les amphithéâtres et les cirques y divertissaient la foule; les arcs de triomphe perpétuaient le souvenir des victoires remportées par les empereurs; les aqueducs les approvisionnaient d'une eau abondante et limpide, empruntée aux plus belles sources des environs. Tous ces monuments luxueux avaient été élevés sans la participation de l'État, mais exclusivement aux frais des cités qu'ils embellissaient; ce qui prouve que le pays était bien administré et qu'il disposait de ressources considérables. Les villes de la Narbonnaise se distinguèrent entre toutes par la beauté de leurs monuments; si ceux d'Avignon et de Cavaillon ont entièrement disparu, le théâtre d'Orange et son arc de triomphe sont encore debout pour attester les splendeurs de la colonie.

Ce qui avait puissamment contribué au développement et à la prospérité de toutes ces villes c'est l'établissement des grandes routes. « Elles ont été avec le droit civil, dit M. Duruy, la grande originalité du peuple romain. La République avait établi ses chemins en vue de la guerre, l'Empire eut la même préoccupation, mais il eut aussi celle des intérêts commerciaux (1). »

(1) V. Duruy. *Hist. des Romains,* p. 14.

IV

Situation des villes cavares le long des grandes voies. — Solidité des voies romaines, leur mode de construction ; leur rectitude ; leur élévation. — Bornes milliaires trouvées dans le département de Vaucluse : celle de Constantin provenant de la voie d'Agrippa ; celle d'Auguste trouvée au bord de la voie d'Arles à Milan. — Les relais, *mutationes*, placés au bord des cours d'eau. — Ponts romains en pierre sur le Rhône, notamment en face de Valence et d'Avignon. — Pont Julien sur le Calavon. — Pont de Vaison sur l'Ouvèze. — Arcs de triomphe élevés sur les voies romaines ; celui d'Orange situé sur la voie d'Agrippa ; celui de Cavaillon sur celle de Milan ; celui de Carpentras sur une voie secondaire.

LE réseau des grandes routes construites ou restaurées par Auguste contribua, avons-nous dit, puissamment à la prospérité des villes cavares. Il y a lieu de remarquer qu'elles étaient toutes échelonnées le long de ces routes : Cavaillon était desservi par la voie des Alpes Cottiennes, Avignon et Orange par celle de Lyon.

Les Romains considéraient si bien leurs grandes voies comme un moyen de civilisation et de prospérité pour les pays qu'elles traversaient, qu'ils mettaient à les établir le plus grand soin. Elles alliaient à beaucoup de commodité toutes les conditions possibles de durée ; c'était une véritable construction, et l'expression *munire viam* renfermait cette idée. On sait qu'en principe les voies principales, *viæ regiæ*, *viæ publicæ regales*, étaient construites d'après une règle constante et qu'elles se composaient de trois couches de maçonnerie superposées : l'inférieure ou *statumen*, formée de pierres plates reposant sur le mortier ; celle au-dessus ou *rudus*, consistant en moellons noyés dans un bain de chaux ; enfin, la supérieure ou *nucleus*, composée d'un béton de pierres et de briques concassées mélangées à de la chaux.

C'est sur ces trois couches que reposait un pavé en gros blocs polygonaux, empruntés aux carrières voisines. De chaque côté, existait, aux abords des villes, un trottoir, *crepido*, flanqué, de distance en distance, de bornes ou pierres de bordure, *umbones*. Cependant ce mode de construction qu'on pourrait appeler classique, n'a pas toujours été adopté par les Romains ; ils s'en sont même souvent écartés en se servant, pour l'établissement de leurs chemins, des matériaux qu'ils trouvaient sur les lieux. Nous avons été personnellement amené à cette conclusion par l'examen des deux grandes voies qui traversaient le département de Vaucluse.

Ces chemins ont été construits avec les graviers trouvés sur place. Le segment le plus reconnaissable de la voie de Lyon à Arles qui subsiste dans ce département et qui s'étend sur un parcours de 2 kil., du hameau de St-Pierre-de-Sénos à la rivière du Lez, se compose de graviers empruntés aux terres riveraines, où l'on reconnaît encore parfaitement les chambres d'emprunt (1). Nous avons fait la même remarque sur le tronçon compris entre les collines d'Uchaux et l'Eigue, c'est-à-dire sur une étendue de 4 kilomètres environ. De Châteauneuf-Calcernier au Pontet, la voie ayant été établie sur le *diluvium* quaternaire formé de cailloux roulés, et offrant, par suite, une grande résistance, c'est ce terrain même qui a servi de chaussée. La voie d'Arles à Milan se compose aussi, le plus souvent, des graviers du Calavon qu'elle côtoyait fréquemment. La construction de ces routes nous pa-

---

(1) Lors de la session qu'elle a tenue à Avignon, au mois de septembre 1882, la Société française d'archéologie nous ayant accordé la somme nécessaire pour faire pratiquer des fouilles sur le tronçon de la voie romaine qui subsiste encore près de Bollène, M. Paul de Faucher voulut bien se charger d'en diriger les travaux. Il y fit faire plusieurs tranchées, et constata que l'*agger* de cet ancien chemin, aujourd'hui complètement délaissé, n'était formé que de terres graveleuses sans aucune trace de pavés ni de ciment.

raît donc avoir été assez rudimentaire en ce sens que la
chaussée était formée presque exclusivement de terre mêlée
de graviers ou de cailloux, et que bien battue et tassée, elle
devait acquérir avec le temps beaucoup de cohésion et de
solidité. Nous disons presque exclusivement, parce qu'en
certains endroits, il a été constaté que la partie supérieure
de ces voies était formée d'une couche de béton composé
de gravier, de tuiles concassées, et en outre, dans la région
métallifère, comme à Apt, de scories ferrugineuses. C'est
cette couche, on se le rappelle, que les Romains appelaient
le *nucleus*. M. Charasse, marchand d'antiquités à Orange,
a fait des constatations de ce genre sur un fragment de la
voie romaine qui passait au quartier de St-Clément et se
dirigeait vers le Rhône. M. Moirenc, agent-voyer à Apt, dans
des travaux de terrassements qu'il exécuta près de cette ville,
reconnut que l'ancienne chaussée était composée principalement des graviers du Calavon, de débris de tuiles et de ma-
tières ferrugineuses (1).

Les pavés n'ont été vraisemblablement employés pour les
deux routes que nous étudions qu'exceptionnellement et
dans certains cas particuliers. Elles ont été certainement pavées dans leur parcours à travers les villes qu'elles desservaient, ainsi que cela a été souvent constaté dans d'autres

---

(1) C'est entre l'emplacement du pont romain qui existait sur le Calavon
et la route actuelle de Saignon, au levant d'Apt, que M. Moirenc mit l'antique chaussée à découvert. Les scories de fer qui entraient dans sa composition provenaient des mines de Rustrel et d'Autet, situées au levant
d'Apt et déjà exploitées par les Romains.

En même temps que l'ancienne voie, M. Moirenc découvrit des débris
d'urnes cinéraires, ainsi qu'un certain nombre de monnaies impériales.

Les vestiges de sépultures trouvés en cet endroit, ceux découverts au
delà du ruisseau du Rimayon et, plus loin, dans les terrains appartenant
aux sieurs Peyron et Julien, montrent que le cimetière gallo-romain d'Apt
était situé au levant de la ville, et qu'il se prolongeait de chaque côté de la
voie, sur une étendue de 2 kilomètres environ.

cas. A Cavaillon, où le sol s'est considérablement exhaussé depuis l'antiquité, on retrouve un tronçon de la voie de Milan, avec son ancien pavage, sous la cave de la maison du sieur Fr. Isnard, près de la grand' rue, et on peut le suivre assez longtemps dans la direction du chemin d'Avignon. Ces routes ont été également pavées dans les endroits exposés aux ravages des eaux pluviales et dans les plaines basses et marécageuses. Au midi d'Orange, dans cette partie de la plaine où la voie d'Agrippa passait près de l'étang d'Aglan, ainsi qu'à la montée de Souchon qui y fait suite, on retrouve encore des traces de son ancien pavage en gros blocs de grès empruntés aux carrières voisines ; dans la plaine, inondée au temps des pluies, par les eaux débordantes de l'étang, les pavés la consolidaient et la rendaient praticable ; à la montée, elle était préservée contre les écoulements des eaux pluviales. M. Mérimée, dans la description qu'il nous a laissée du pont Julien, parle d'une portion de la voie romaine, qui était pavée près de là : « Un fragment de voie romaine, dit-il, pavé de grosses pierres irrégulières se montre aux abords du pont Julien et s'en écarte dans une direction oblique (1). » Ce pavage, dont on retrouve encore quelques vestiges, existait à un endroit où la route gravissait des terrains en pente et où la pluie aurait pu la raviner. Le fragment de la même voie qui a été mis à découvert au levant d'Apt, lors des travaux du chemin de fer des Alpes, était pareillement pavé en gros blocs polygonaux ; située au pied de collines, la chaussée aurait été exposée, sans cette précaution, a être emportée par les eaux s'écoulant des terrains plus élevés (2). Nous ne voudrions pas sortir des limites que nous nous sommes tracées, mais il n'est pas, croyons-nous, sans intérêt de men·

(1) Mérimée,. *Voyage dans le Midi de la France*, p. 215-216.
(2) En novembre 1882, à l'occasion des travaux du chemin de fer des Alpes, la voie antique fut mise à découvert au delà du ruisseau du Rimayon. M. Garcin, d'Apt, put constater l'état dans lequel elle se trou-

tionner les constatations que nous avons faites nous-même
sur la voie d'Agrippa, au-dessous de la Durance. Il résulte
des renseignements qui nous ont été fournis sur les lieux et
de l'examen auquel nous nous sommes livré, que la section
de cette voie comprise entre la Durance et les Alpines était
pavée dans toute son étendue. On retrouve encore des traces
de ces pavages en trois endroits différents : au bord de la
propriété du Grand contrat, près du mas d'Alby, et à Laurade. Sur ces deux derniers points, la voie romaine dont on
reconnaît le tracé sur une longueur de plusieurs mètres, se
confond avec le vieux chemin d'Arles. La plaine qu'elle parcourait, aujourd'hui complètement desséchée et cultivée,
était alors exposée aux inondations de la Durance, dont un
bras la traversait du nord au midi, et de plus entrecoupée
de marécages. Ces eaux stagnantes, grossies par celles qui
s'échappaient à l'époque des pluies, des vallées de la Montagnette, auraient dégradé la voie ; les pavés avaient pour but
de la préserver.

Des restes de trottoirs avec leurs pierres de bordure ont
été découverts, il y a quelques années, près d'Orange, au
quartier de St-Clément. En creusant le sol pour construire

vait, et voici comment il l'a décrite dans une lettre qu'il nous adressait
le 20 mai 1883 :

« La voie est pavée de pierres taillées en polygones irréguliers ayant
o m. 25 de surface en moyenne, et o m. 50 d'épaisseur. Au-dessous, existe
une couche de béton de 1 m. 50. Ce béton, qui est d'une grande dureté,
est composé de graviers et de gros cailloux du Calavon liés avec du ciment. Quelques débris de poteries, des tombeaux brisés s'y trouvent mê-
lés On comprend qu'autrefois, en construisant la route actuelle, on a
bouleversé les monuments funéraires qui la bordaient. La découverte la
plus importante est une inscription celtique en caractères grecs, trouvée
à 3 mètres de profondeur, et que M. Allmer a publiée dans sa *Revue épigraphique du Midi de la France*, de novembre et décembre 1882, sous le numéro 370. On a trouvé de plus, au même endroit, un grand bronze d'Antonin le pieux, une coloniale de Nîmes et un moyen bronze de Néron. »

le bâtiment appartenant à M. de Gasparin, on trouva un tronçon de la voie romaine qui conduisait au Rhône, le long
duquel plusieurs de ces bornes étaient rangées symétri-
quement. On remarque encore, au bord du chemin de Roquemaure, les bases des murs de soutènement, bâtis en petit
appareil et flanqués, de distance en distance, de contreforts
contre lesquels s'appuyaient les trottoirs. C'est sur ces
débris antiques qu'ont été élevées les murailles du cimetière
protestant.

La largeur des grandes routes romaines n'était que
de 4 m. 50 à 5 mètres ; deux chars pouvaient s'y croiser.
C'est cette seconde dimension qui paraît avoir été adoptée
pour les deux voies qui nous occupent. La voie d'Agrippa
mesurée sur le segment encore existant au levant de Bollène,
nous a donné une largeur moyenne de 5 mètres. Celle des
Alpes Cottiennes, mise à découvert à 1 kil. et demi d'Apt,
dans la propriété dite la Maurizotte (1), et récemment encore, au delà du ruisseau du Rimayon, en creusant une tranchée pour le chemin de fer des Alpes, présentait la même
surface (2). Néanmoins la dimension des voies n'était pas
toujours la même ; elle variait suivant la nature des lieux :
en plaine, où rien ne venait gêner les travaux, la route con-
servait sa largeur normale, mais dans les pays montagneux,
où il fallait parfois l'établir sur le rocher même, elle subis-

(1) « Un propriétaire, le sieur Isidore Peyron, en faisant dernièrement
des fouilles dans un champ qu'il possède au quartier de la Madeleine, à
1 kilomètre et demi de notre ville, a découvert la chaussée de l'antique
voie romaine, à environ 50 centimètres à gauche de l'ancienne route d'Apt
à Céreste, encore existante sur ce point, et à 1 mètre en moyenne au-dessous de celle-ci. L'antique chaussée découverte, ayant 5 mètres de largeur, était en graviers du Calavon et présentait une surface aussi dure et
aussi unie que celle de la route impériale actuelle. Un petit aqueduc
d'une grande simplicité suivait parallélement la voie. » (Moirenc, Projet impérial d'une carte topographique de la Gaule, p. 37).

(2) Lettre de M. Garcin, du 20 mai 1883.

3

sait l'influence du milieu et prenait des proportions moindres. La largeur des voies variait aussi et quelquefois très'sensiblement au passage des monuments élevés sur leur parcours. Il nous est facile d'en faire l'expérience en nous aidant de ceux qui subsistent dans le département : l'arc de triomphe d'Orange, situé sur la voie d'Agrippa, ne présente, au pied de son arcade centrale, mesurée entre la base de ses pilastres, qu'une largeur de 4 m, 65 ; le pont Julien établi sur le Calavon pour le passage de la voie de Milan, a, comme chaussée, 4 m. 15 seulement ; l'arc de triomphe de Cavaillon, situé primitivement sur la même voie, est encore moindre dans ses dimensions : son arcade unique ne mesure, entre la base de ses pieds droits, que 3 m. 16 ; c'est-à-dire qu'elle n'a que la largeur d'une voie secondaire. Nous reviendrons plus loin sur ces monuments.

Les auteurs qui ont écrit sur les voies antiques ont appelé l'attention sur leur rectitude. Les grands chemins, on l'a dit souvent, étaient des routes stratégiques, destinées aux mouvements des légions ; il importait qu'elles pussent se transporter rapidement d'un lieu dans un autre. Mais à un point de vue plus général, le tracé des voies établies dans ces conditions était, il faut le reconnaître, d'un avantage incontestable : la ligne droite qui, d'après l'axiome géométrique, est le plus court chemin d'un point à un autre, était à la fois pour le voyageur une économie de temps, d'argent et de fatigue. Les Romains, en gens éminemment pratiques, n'avaient eu garde de négliger ces considérations. Aussi ne se départissaient-ils pas volontiers de cette règle et ne le faisaient-ils que contraints et forcés. S'ils abandonnaient momentanément la ligne droite, c'était tantôt pour éviter une chaîne de montagnes, au milieu de laquelle il leur aurait fallu ouvrir une longue tranchée, travail dispendieux et pénible, pour eux surtout qui ne connaissaient pas l'usage de la mine, tantôt pour contourner un étang à travers lequel ils ne pouvaient

songer à établir une chaussée. Quelquefois aussi une colline
aux flancs tourmentés forçait la voie à subir ses sinuosités.
En étudiant le tracé des deux grands chemins du département
de Vaucluse, nous avons constaté que les Romains s'étaient
conformés à leurs habitudes : le tronçon de la voie d'Agrippa
à la hauteur de Bollène, celui qui se développe au dessous
des collines d'Uchaux ; les deux segments de la voie des Alpes
Cottiennes compris le premier, entre Cavaillon et la Tour
de Sabran ; le second, entre ce dernier point et le pont Julien, sont des exemples remarquables de routes tracées en
ligne droite. De nos jours, cette rectitude parfaite a fait parfois
servir les chemins romains à délimiter le territoire de plusieurs communes : c'est ainsi qu'au dessus de l'Eigue, l'ancien chemin connu sous le nom de *camin reiau* sépare les
territoires de Piolenc et d'Uchaux; qu'au delà de la Tour de
Sabran, il divise ceux de Gordes et d'Oppède ; qu'entre Caumont et la Tour de Sabran, la voie secondaire qui reliait
Avignon à la voie d'Arles à Milan et qui traversait la plaine
entre l'Isle et Cavaillon, du couchant au levant, a été affecté
au même usage pour les terroirs de ces deux localités.

Nous avons constaté que dans le département de Vaucluse, comme partout ailleurs, les Romains avaient établi
leurs voies de façon qu'elles restassent toujours à l'abri
des inondations. Lorsque la route descendait de la montagne dans la plaine, elle en suivait les points culminants,
comme, par exemple, dans celle qui est située entre Châteauneuf-Calcernier et le Pontet, où la voie ne quittait jamais les
plateaux élevés formés par le *diluvium* quaternaire ; ou bien,
si la plaine était trop basse pour être en dehors de la zone
d'inondation, on surélevait la chaussée qui dominait les terrains d'alentour en formant comme une sorte de digue ou
levée, ce que les Romains exprimaient par le mot *agger*.
Nous retrouvons des tronçons de ces *chemins haussés*,
comme on les appelle dans certaines parties de la France,

au levant de Bollène, et au dessous d'Uchaux, pour la voie
d'Agrippa ; dans la vallée du Calavon, au quartier de Maricamp, pour celle de Milan. Dans tous ces endroits, la voie
étant exposée aux inondations de la rivière voisine, avait
été surélevée.

Nous avions espéré découvrir le long des anciennes routes du département quelqu'une des bornes milliaires qui s'y
élevaient, et dont les inscriptions sont si utiles à recueillir,
tant pour le contrôle du calcul des distances que pour le nom
des empereurs qui firent restaurer ces chemins ; mais toutes nos recherches sont jusqu'à ce jour restées infructueuses.
Il faut attribuer, en grande partie, la disparition de ces petits monuments, dans le département de Vaucluse, à l'extension de la culture et de la population rurale qui ont
anéanti tant de traces du passé, et de même que souvent les
propriétaires riverains ont empiété sur les anciennes chaus-
sées, de même aussi ils ont fait servir les bornes milliaires à
toutes sortes d'usages. Deux seulement avaient été précédemment trouvées dans le département de Vaucluse : la première, provenant vraisemblablement de la voie d'Agrippa,
était de Constantin et se voyait autrefois dans l'église d'un
couvent d'Orange ; on ignore ce qu'elle est devenue (1) ;
l'autre fut découverte, il y a quelques années, sur le bord de
la voie de Milan, à peu de distance d'Apt, dans la terre dite
le Grand-camp : cette borne qui a été acquise par le musée
Calvet, est de l'époque d'Auguste (2).

---

(1) La Pise, *Hist. d'Orange*, p. 6 ; Bouche, *Hist. de Provence*, p. 543.

Dans son mémoire géographique intitulé : *Les Alpes Cottiennes et
Graies*, p. 87, M. Florian Vallentin a restitué comme suit l'inscription de
cette pierre :

Imp. Cæsar. | fl. Val | CONSTANTINO · PIO/ P · F · AVG/ DIVI ·
CONSTANTI/ AVGVSTI · PII/ FILIO/ *millia passuum.....*

(2) C'est à 1 kilomètre environ avant d'arriver au petit cours d'eau
qu'on appelle l'Urbane, qu'on trouva au bord de la voie romaine, enfouie
dans la terre dite le Grand-camp, cette borne milliaire qu'on voit au-

On sait qu'en dehors des localités plus ou moins importantes, *civitates*, *vici*, trois sortes d'établissements étaient disposés le long des voies romaines : les relais ou *mutationes*, les maisons d'étape ou *mansiones*, les hôtelleries ou *tabernæ deversoriæ*. Nous dirons un mot des premiers pour appeler l'attention sur leur situation particulière.

Les *mutationes* ou relais avaient été principalement établis pour le service du *cursus publicus* ou courrier de l'État et des personnages ayant un caractère officiel. Les simples particuliers avaient besoin, pour s'en servir, d'une autorisation spéciale. Il y avait plusieurs classes de *mutationes*, et le nombre des chevaux qu'on devait y entretenir était plus ou moins considérable. Nous remarquons que, si ces relais étaient inégalement distants les uns des autres, ils étaient habituellement placés au bord d'un cours d'eau. En ce qui touche la voie d'Agrippa à travers le département de Vaucluse et les territoires limitrophes, nous les trouvons disposés du midi au nord de la façon suivante : relai de St-Gabriel, *mutatio Ernagina*, au bord de la Durance ; relai de Barbentane, *mutatio Bellinto*, sur un autre bras de cette rivière ; relai de

jourd'hui à droite du perron donnant accès au musée Calvet. Elle est cylindrique et mesure 1 m. 35 de hauteur sur 0 m. 58 de diamètre. L'inscription, qui est en partie fruste, se lit de la façon suivante :

> PAteR • patrIAE • imp
> CAESAR • DIVI • F
> AVGVSTVS • PONTIFEX
> MAXVMVS • COS • $\overline{\text{XII}}$
> COS • DESIGNATVS • $\overline{\text{XIII}}$
> IMP • $\overline{\text{XIIII}}$ • TRIBVNIC
> ia • POTESTAT • $\overline{\text{XX}}$

M. Florian Vallentin, qui a publié cette inscription dans son récent mémoire de géographie ancienne, a commis une erreur au sujet du chiffre qui suit le titre d'*Imperator* ; c'est XIIII qu'il faut lire et non pas XIII. (F. Vallentin, *Les Alpes Cottiennes et Graies*, p. 94, Champion, Paris.)

Cypresseta, mutatio Cypresseta, près de la Sorgue; relai de la Berre, *mutatio Novemcraris*, au bord de ce cours d'eau. Etant donné le nombre toujours considérable de chevaux qui étaient entretenus dans ces établissements, il était nécessaire d'avoir à proximité des eaux abondantes, soit pour les abreuver, soit pour les baigner.

Dans l'antiquité, comme à l'époque actuelle, les voies traversaient les cours d'eau au moyen de ponts en pierre, de ponts en bois, de bacs ou même de simples gués. Nous serions tenté de croire que les Romains, qui étaient de très habiles constructeurs, n'ont pas été aussi avares de ponts en pierre que certains archéologues le pensent. Les ponts en bois n'ont pu laisser de trace, et à défaut d'une mention spéciale dans les auteurs anciens, il ne nous est pas permis d'en connaître l'existence. Quant aux ponts en pierre, beaucoup ont complètement disparu, emportés par les inondations ou même détruits par l'homme, en effectuant des travaux de viabilité moderne. Un certain nombre, dont les débris sont recouverts par les alluvions, ne laissent pas de traces apparentes. Avec le temps et des recherches consciencieuses, des restes de ponts ignorés jusqu'à ce jour, se découvriront certainement.

Sur le Rhône notamment, dont le large lit et le cours impétueux devaient rendre l'établissement de ces sortes d'ouvrages plus coûteux et plus difficile, nous inclinerions à penser que les ponts en pierre ont été plus nombreux qu'on ne serait tout d'abord porté à le croire. Nous n'ignorons pas que certains passages sur ce fleuve, des plus fréquentés, sont considérés généralement par les archéologues comme n'ayant jamais été, dans l'antiquité, desservis par un pont en maçonnerie. Un des plus importants était sans contredit celui qui s'effectuait en face de Beaucaire, *Ugernum*. où aboutissait une des voies historiques du midi de la Gaule, la voie Domitienne. On croit, cependant, que la traversée du

Rhône ne s'y opérait qu'au moyen d'un pont en bois ou même d'un simple bac. D'après M. E. Desjardins, le mot *trajectus* gravé sur le 4ᵉ vase Apollinaire pour désigner le passage du fleuve en cet endroit, amènerait à penser qu'il n'y a jamais eu qu'un bac(1). Nous croyons que si pour celui-là, comme pour beaucoup d'autres, les Romains n'avaient pas établi un pont de pierre, c'est qu'il n'était pas appelé à desservir une ville de quelque importance ; seuls les intérêts de cités populeuses semblent avoir décidé les anciens à bâtir des ponts sur le Rhône. Nous allons par quelques exemples essayer de trancher la question au profit de notre opinion.

On a constaté bien souvent les vestiges d'un double pont romain en face d'Arles : l'un sur le grand Rhône, en tête de la Camargue, où était assis un quartier important de la ville antique ; l'autre faisant suite au premier, sur le petit Rhône, et la rattachant à la voie Domitienne située sur la rive droite. Le premier était un pont de bateaux, *pons navalis*, comme l'appelle Ausone, d'une magnifique structure, et très large, puisqu'on y avait établi une place et un marché (2). Il s'appuyait sur les deux rives du Rhône au moyen de culées en maçonnerie dont on voit encore les débris. La profondeur du fleuve, considérable en cet endroit, et la difficulté d'y

---

(1) E. Desjardins, *Comment. de la carte de Peutinger*, aux mots *Arelato* et *Ugerno*.

La traversée du Rhône, en cet endroit, était fort importante puisqu'elle reliait directement la voie Domitienne avec la voie Aurélienne, celle d'A-grippa et celle de Milan. Postérieurement, la voie Domitienne, au lieu de passer le Rhône à Beaucaire, descendit le long de la rive droite pour le traverser en face d'Arles, au moyen des deux ponts qui y avaient été établis. Peut-être que le premier passage ne fut délaissé qu'à cause précisément de l'absence de pont en face de Beaucaire et de la construction de ceux d'Arles (V. Aurès, *Rapport sur le tracé de la voie Domitienne entre Nimes et le Rhône ; Mémoires de l'Académie du Gard*, an. 1864, p. 53).

(2) Ausone, *Clar. Urb.*, VIII.

élever des piles, avaient seules empêché les Romains d'y
jeter un pont en pierre (1). Celui qui existait sur le petit
Rhône était en maçonnerie. Ses piles ont été vues à plusieurs reprises, émergeant des eaux, à des époques où
elles étaient excessivement basses; on a pu en compter
jusqu'à neuf (2). Ce pont fut détruit de bonne heure, puisque,
dès l'an 508, il avait été remplacé par un pont en bois (3).

En face de Vienne, un pont antique, en pierre, emporté
seulement en 1407 par une inondation du Rhône, en reliait
les deux rives (4). Comme à Arles, une partie de la ville
romaine était assise sur la rive droite, à la place où s'est
élevé depuis le faubourg de Ste-Colombe.

Arles et Vienne, dont nous venons de parler, étaient de
grandes villes, dans l'antiquité, et à ce titre, elles occupaient
le premier rang. Faut-il penser que c'était seulement pour
le service des cités les plus importantes que des ponts en
pierre avaient été construits, et que celles de second ordre
en étaient dépourvues ? Telle n'est pas notre opinion.
M. Bonnet vient d'établir l'existence d'un pont de ce genre
à Valence, en face de la place du Pont-Péri, dont le nom
significatif conserve le souvenir. Cette appellation, légèrement
corrompue, ne serait autre en vieux français que celle de
Pont-Pierry ou Pont-Pierre. « Le nom de Pont-Péri, dit-il,
rappelle, il est difficile d'en douter, un pont qui a existé sur
le Rhône, à la hauteur de ce quartier, et qui aura été détruit
par quelque crue excessive, dans les temps reculés du moyen-

(1) La profondeur du grand Rhône, en face d'Arles, est encore aujourd'hui
d'une vingtaine de mètres. De nos jours comme dans l'antiquité, elle a
empêché de relier Arles à la Camargue par un pont de pierre ; il n'y a
entre la ville et Trinquetaille qu'un pont en bois.

(2) V. *Études sur les voies romaines de l'arrondissement d'Arles*, par
M. Véran ; *Congrès archéologique d'Arles*, an. 1876, p. 484-485.

(3) Raymond, *Invasions des Sarrasins*, p. 38.

(4) De Caumont, *Abécédaire d'Archéologie*, ép. gallo-romaine, p. 102.

âge. Il a fallu venir jusqu'à ces derniers temps pour trouver une mention écrite de ce pont (1). » Consignée dans une charte de St-Pierre-du-Bourg publiée par M. l'abbé Chevalier, cette mention a été confirmée à Valence, par une tradition résultant de témoignages non équivoques, ainsi que le raconte M. Bonnet dans la suite de son récit. D'après ces attestations, des débris de construction et de pilotis qu'on voyait autrefois sur la rive droite du Rhône étaient juste dans la ligne de prolongement de l'ancien rempart crénelé et de la tour de Constance qui le terminait à l'occident. Ces débris n'étaient autres que ceux d'un pont antique en pierre.

Il y a tout lieu de penser qu'à l'époque romaine il existait aussi un pont en maçonnerie en face d'Avignon, à l'endroit même où fut construit, à la fin du XIIᵉ siècle, par les Frères Pontifes, le pont St-Bénézet. Un reste de culée bâti en magnifique appareil de 1 m. 76 de long sur 0 m. 58 de large, aux assises soigneusement jointes, qu'on voit encore sur la rive gauche du Rhône, et sur lequel a été appuyée en partie la seconde arche du pont St-Bénézet, doit être considéré, selon nous, comme un débris de construction romaine. On s'explique d'autant mieux l'existence d'un pont en cet endroit qu'il était destiné à livrer passage à une importante voie secondaire mettant Nîmes en communication avec Avignon. Cette antique voie, qui existe encore sur la rive droite, a servi pendant tout le moyen-âge et jusqu'à nos temps modernes sous le nom de *chemin de Nîmes*, *chemin de Languedoc* ou *chemin d'Espagne à Rome* (2).

(1) *Bulletin archéologique de la Drôme*, an. 1869, p. 91.

(2) Nous sommes bien aise d'indiquer ici la direction de cette voie secondaire :

Elle gravissait, sur la rive droite du Rhône, le rocher sur lequel s'est élevé plus tard le quartier de Villeneuve dit *de la Tour*, parvenait par la Belle-Croix, au pied des collines du *Montagnié*, inclinait ensuite à gauche pour longer le bord méridional de l'étang de Rochefort, où la route mo-

Deux ponts en pierre de construction romaine subsistent encore dans le département de Vaucluse ; l'un était situé sur le passage d'une grande voie ; c'est le pont Julien qui doit vraisemblablement son nom à la cité de *Julia Apta,* Apt, à laquelle il conduisait. Il a été bâti à 8 kilomètres en aval de cette ville, à un endroit où le Calavon se resserre dans un lit de rocher. L'établissement d'un pont à cette place offrait plusieurs avantages : le Calavon y étant très étroit, il n'était pas nécessaire de donner à la construction un grand déve-

derne a adopté son tracé à partir de l'ancienne bégude de M. Limasset, et après avoir passé au village de Saze, débouchait sur le plateau de Signargues. Là, elle se confondait avec une autre voie secondaire venant de Rochefort, parvenait au Gardon, en face de Remoulins, où elle se raccordait avec la grande voie de la rive droite du Rhône, et se dirigeait avec elle sur Nîmes, en passant par Sernhac, Bezouce et Marguerittes.

Dans divers actes des archives municipales de Villeneuve-lez-Avignon comprenant la période de 1401 à 1788, cette même voie est dénommée *chemin de Nîmes* ou *chemin de Languedoc.* (V. arch. de Villeneuve, liasse D D, 1, 5, 6, 7. — Renseignements dûs à l'obligeance de notre confrère à l'Académie de Vaucluse, M. Bayle).

Si Louis de Pérussis, dans ses Mémoires, (t. 3, p. 1105), la désigne sous le nom de *chemin d'Espagne à Rome,* c'est qu'en effet, à partir de Nîmes, elle conduisait en Espagne par l'ancienne voie *Domitia,* et à compter d'Avignon, en Italie, par une autre voie secondaire très directe, qui suivait le tracé de la vieille route de Caumont, et au-delà de ce village, par le chemin vicinal dit *camin roumièu,* se reliait, à la Tour de Sabran, avec la voie des Alpes Cottiennes.

Conformément à un usage constant, au moyen-âge, on élevait le long des anciennes voies des *hospitia* ou maisons de refuge destinées aux pèlerins et aux voyageurs pauvres. Un des moyens de retrouver les voies romaines consiste à rechercher l'emplacement de ces pieux asiles. Un archiviste de Lyon, M. Guigue, a pu reconstituer le réseau des voies romaines du Lyonnais en faisant le relevé des hôpitaux qui y avaient été construits au moyen-âge, et il a remarqué que « c'étaient surtout les Confrères du Saint-Esprit qui en faisaient, conjointement avec l'œuvre des ponts sur les fleuves, les rivières et les ruisseaux, l'objectif préféré de leurs aumônes et de leurs largesses. » C'est pour obéir à ce vieil usage, qu'à Avignon, à la tête du pont qu'elle avait construit, la Confrérie du Saint-Esprit dirigée par saint Bénézet, fonda l'hospice qui prit aussi le nom de son chef, et dont on peut voir encore les vastes bâtiments.

loppement et peu de matériaux devaient suffire ; c'était un motif d'économie ; de plus, le rocher tapissant le lit et les bords de la rivière, le pont a trouvé une assiette au moyen de laquelle il pouvait lutter victorieusement contre ses crues. A ces deux premières considérations il faut en joindre une troisième : à l'endroit même où a été bâti le pont Julien venait se réunir à la route des Alpes Cottiennes une voie secondaire importante et assurément très suivie ; c'est la voie qui reliait la vallée de la Durance à celle du Calavon en passant par la combe de Lourmarin. Le pont Julien servait donc en même temps au passage de ces deux chemins. Construit en grand appareil, il se compose de trois arches à plein cintre, les deux extrêmes plus petites que celle du milieu. Comme beaucoup d'autres ponts romains, il présente une double pente dont le sommet se trouve au milieu de l'arche principale. Sa longueur entre les culées est de 46 m. 60. La chaussée, dont nous avons déjà donné la largeur, est établie entre deux petits parapets d'une hauteur seulement de 0 m. 40. A la partie supérieure des deux piles se voit une ouverture cintrée ou dégorgeoir, destiné à donner passage aux eaux dans les fortes crues et à leur laisser moins de prise sur la construction. Les éperons dont ces piles étaient munies du côté du courant afin de le diviser et d'en atténuer la violence, ainsi que les crampons en fer qui servaient à consolider le grand appareil, ont disparu, ce qui n'a pas empêché le monument de résister aux efforts combinés du temps et des eaux (1).

(1) Le pont Julien reste encore, malgré les réparations maladroites et les dégradations qu'il a subies, un remarquable spécimen de construction romaine. La grande arche du milieu est intacte, mais une partie des voussoirs des deux autres, bâtis primitivement, comme le reste, en grand appareil, a été refaite en petit appareil. La réparation de celle qui s'appuie sur la rive gauche remonte à 1789, ainsi que nous l'apprend cette date inscrite sur une des pierres de la voûte. On remarque à la base des piles un grand nombre de trous dans lesquels reposaient les crampons destinés à consolider le grand appareil.

Le second pont romain qui subsiste dans le département de Vaucluse c'est celui de Vaison, ancienne capitale des Voconces. Bâti en grand appareil et d'une seule arche, il avait été établi sur l'Ouvèze pour donner passage à une voie secondaire qui faisait communiquer cette ville avec Carpentras, la capitale des Méminiens.

Les arcs de triomphe élevés à Rome à la gloire des empereurs et destinés à perpétuer le souvenir de leurs victoires, étaient toujours placés sur les grandes voies. Une inscription en lettres de bronze ou gravée en creux sur le monument rappelait en quelques lignes les évènements mémorables à l'occasion desquels il avait été érigé. A Rome, il en subsiste encore trois, qui sont remarquables soit par leur conservation, soit par la richesse de leur ornementation ; ce sont ceux de Titus, de Septime-Sévère et de Constantin.

A l'exemple de ces arcs de triomphe, ceux qui furent élevés par les cités, dans les différentes provinces de l'empire, le furent aussi sur le passage des voies. Le département de Vaucluse est riche en monuments de ce genre ; il en possède trois : ceux d'Orange, de Cavaillon et de Carpentras. Le plus beau et le plus intéressant est sans contredit le premier. Placé sur la voie d'Agrippa, il servait d'entrée triomphale à la ville du côté du nord. Il se compose de trois arcades ; celle du milieu, plus large et plus élevée, sous laquelle passaient les chars, et les deux autres destinées aux piétons. On a beaucoup discuté sur l'époque qu'on doit assigner à sa construction et les avis sont encore très partagés.

Nous ne parlerons que pour mémoire de l'opinion d'après laquelle il était destiné à rappeler la victoire de Marius sur les Ambro-Teutons, et qui argumente du mot MARIO gravé sur un bouclier de ses trophées, comme si c'était un mot latin au datif, au lieu d'être au nominatif le nom d'un chef barbare.

MM. Charles Lenormant et de Saulcy ont cru devoir faire

remonter ce monument à Tibère. Le nom de SACROVIR, inscrit sur un des boucliers, avait attiré l'attention du premier et lui avait rappelé la révolte du chef Éduen étouffée sous cet empereur. M. de Saulcy voulant, comme Séguier l'avait fait pour la maison carrée de Nîmes, tirer parti des traces laissées par les crampons de l'inscription dédicatoire, telles qu'elles sont reproduites dans le bel ouvrage de M. Caristie, a cru y lire ce qui suit :

TI · CAESARI · DIVI · AVGVSTI · FIL · DIVI · IVLI · NEP ·
COS · IIII · IMP · VIII · TR · POT · XXIII. . . . . . . (1)

Cette interprétation venait confirmer pleinement l'opinion de M. Ch. Lenormant. Mais elle a été contestée par M. Alexandre Bertrand, le savant conservateur du musée de St-Germain qui étudiant, à son tour, sur les moulages du monument, les trous laissés par l'inscription, en a donné une lecture différente.

A défaut de données plus précises et plus concluantes, celles qui nous sont fournies par le style et l'ornementation de l'arc de triomphe sont peut-être les plus sûres pour fixer, au moins d'une manière approximative, la date de sa construction. C'est le moyen qui a été employé par MM. Mérimée et Caristie, et nous terminerons par l'exposé de leur opinion.

Mérimée considérant « la profusion des ornements, la forme des armes, le caractère incorrect et prétentieux du monument » le fait remonter au second siècle et croit qu'il a eu pour cause les victoires de Marc-Aurèle en Germanie (2).

Enfin, Caristie, le savant architecte à qui l'on doit la restauration si remarquable de ce monument, a profité de ces travaux pour le comparer avec tous les arcs de triomphe

(1) V. au *Journal des savants*, de janvier 1880, une étude sur l'arc de triomphe d'Orange par M. de Saulcy.
(2) Mérimée, *Voyage dans le Midi de la France*, p. 171.

qui subsistent encore, et il le considère aussi comme un monument de la décadence : « Si l'on compare, dit-il, le caractère d'architecture de cet arc avec celui des édifices construits entre l'époque de Trajan et celle des Antonins, on est infailliblement conduit à reconnaître que sa construction appartient à cette période. Avant que d'émettre cette opinion, j'ai naturellement dû me livrer à cette comparaison, en examinant attentivement le rapport des ensembles, le caractère des profils et de l'ornementation, l'emploi de certains détails, qui ont successivement été modifiés, puis altérés tant dans leur composition que dans leur exécution (1). »

L'arc de triomphe de Cavaillon qui est beaucoup plus petit et moins bien conservé que celui d'Orange, était situé sans doute sur la voie d'Arles à Milan ; nous ne savons si l'on connaît exactement son emplacement primitif, car depuis son érection, il a été déplacé deux fois (2).

Quant à celui de Carpentras, qui est aussi de dimensions beaucoup plus petites que celui d'Orange, il était placé sur le passage de la voie secondaire reliant Cavaillon à Carpentras et cette ville à Orange et Vaison.

---

(1) Caristie, *Monuments antiques d'Orange*, p. 31.

(2) On peut le voir aujourd'hui à l'extrémité du Cours. Précédemment, il s'élevait à côté de l'église St-Véran, sur la petite place qui faisait autrefois partie du jardin de l'évêché et où l'avait fait transporter un évêque de Cavaillon.

V

Voie de Lyon à Arles ; sa direction générale. Confondue à tort avec la voie Domitienne. Sa haute antiquité ; sa restauration sous Auguste. Son tracé dans le département de Vaucluse.

C'est grâce à Strabon, avons-nous dit plus haut, que nous connaissons les quatre grands chemins par lesquels Lyon, sous Auguste, fut relié à toutes les parties de la Gaule, et notamment celui qui desservait la Narbonnaise. Ce dernier, suivant la rive gauche du Rhône, passait par Vienne, *Vienna;* Valence, *Valentia;* Montélimar, *Acunum;* Orange, *Arausio;* Avignon, *Avenio*, aboutissait à Arles, et parvenait ensuite par la voie Aurélienne, *via Aurelia*, jusqu'au rivage Massaliote.

Certains archéologues appellent encore la voie de Lyon à Arles voie Domitienne, *via Domitia;* cependant il est reconnu aujourd'hui par les savants les plus autorisés que cette dénomination ne peut s'appliquer qu'à celle qui conduisait d'Arles en Espagne (1). On croit que c'est *Cn. Domitius Ahenobarbus,* le vainqueur des Allobroges à *Vindalium*, qui fit réparer cette dernière et lui donna son nom. Quant à celle de Lyon à Arles, le témoignage de Strabon est trop certain pour hésiter à la considérer comme ayant été établie par Agrippa, gendre et ministre d'Auguste. C'est sous le nom de son auteur que nous la désignons habituellement dans notre

(1) C'est l'opinion de MM. Mommsen, Herzog et Allmer. (V. Mommsen, *Hist. des Romains*, trad. Alexandre, t. V, p. 127 ; Herzog, *Galliæ Narbonensis provinciæ Romanæ historia*, p. 46 ; Allmer, *Inscr. ant. de Vienne*, t. I, p. 183 et suiv.)

mémoire ; il n'est que juste d'attacher à cette importante voie le souvenir du grand ministre qui seconda si bien Auguste dans l'organisation de l'empire par les beaux travaux d'utilité publique qu'il y fit exécuter. Mais pas plus que *Domitius Ahenobarbus* pour la voie d'Arles aux Pyrénées, Agrippa ne fut, à proprement parler, le créateur de celle de Lyon ; la vallée du Rhône a joué, de tout temps, un rôle trop considérable au point de vue des communications, pour que ce chemin n'ait pas existé dès la plus haute antiquité ; il dut être pratiqué par les Phéniciens et les Massaliotes qui, en raison de leur commerce, avaient pénétré jusque dans les contrées les plus septentrionales. Agrippa eut le mérite de le restaurer et d'imprimer, par là, aux relations des peuples et aux transactions commerciales une énergique impulsion.

Il nous reste à en indiquer le tracé dans le département de Vaucluse :

Après avoir traversé la petite rivière de la Berre au logis de ce nom, *mutatio Novemcraris* (1), la voie d'Agrippa passait successivement, en suivant une ligne parfaitement droite, aux différents endroits marqués sur la carte de l'état-major sous les noms de la Grand'grange, la Calamande, la Roubine, où elle se confond aujourd'hui avec la route de Bollène à St-Paul-Trois-Châteaux. Laissant ensuite la propriété de la Payande sur la droite, elle commençait à suivre la lisière du petit bois de Servate et ne le quittait qu'à la ferme Matton ; puis, s'infléchissant au sud-est et passant à gauche de la propriété Reynaud, elle parvenait à la station de *Senomago*, aujourd'hui

---

(1) C'est au logis de Berre, au passage de cette rivière, que les commentateurs placent la *mutatio Novemcraris* des Itinéraires, et c'est là qu'a été trouvée une borne milliaire de Constantin, qu'on peut voir aujourd'hui à Grignan, dans le domaine du Roset. (V. Florian Vallentin, *La voie d'Agrippa*, p. 19 ; et *Les Alpes Cottiennes et Graies*, p. 86).

St-Pierre-de-Sénos (1). La voie antique abandonnait alors le tracé de la route de Bollène pour prendre une direction encore plus oblique vers le sud-est, passait devant l'église du hameau actuel, traversait le ruisseau du Lauzon à un endroit où elle a été momentanément interrompue, et, après un parcours de 2 kilomètres, arrivait au bord du Lez. Entre ces deux cours d'eau on retrouve encore l'ancienne chaussée parfaitement reconnaissable ; elle est connue, dans le pays, sous le nom vulgaire de *camin ferra* ou *camin de la rèino* (2).

(1) L'identification du *Senomago* des Itinéraires avec le hameau de St-Pierre-de-Sénos, commune de Bollène, ne paraît pas douteuse.

La carte de Peutinger place cette station à 15 milles d'Orange, *Arusione*, ce qui concorde avec la distance kilométrique actuelle.

Le mot de Sénos, dont se compose le nom de ce hameau, n'est autre que la dénomination altérée de *Senomago*.

Enfin, il a été trouvé, sur l'emplacement de St-Pierre-de-Sénos, des vestiges nombreux d'antiquités qui démontrent la préexistence d'une localité gallo-romaine en cet endroit. Vers 1834, lorsqu'on construisit l'église actuelle, on mit à découvert d'anciennes substructions, provenant peut-être d'un temple païen, ainsi que des sépultures antiques et notamment un grand sarcophage en pierre brisé. Les ouvriers n'en dégagèrent qu'une partie, représentant à peu près le tiers du monument, et qu'on peut voir dans le jardin du presbytère. La fraction malheureusement insignifiante de l'inscription ainsi exhumée a été publiée par M. Allmer dans la *Revue épig. du midi de la France*, sous le n° 388 et a été restituée par lui de la façon suivante :

piissiMIS ERGA
se pareNTIBVS

(2) Le nom de *camin ferra*, *chemin ferré*, est très répandu dans le midi de la France pour désigner d'anciens chemins romains. Certains archéologues ont pensé que cette dénomination ne s'applique qu'à celles de ces voies qui, traversant les contrées métallifères, ont été construites en partie avec des scories de fer; mais nous voyons par le segment qui nous occupe et où n'est entré aucun élément de ce genre, que cette qualification est d'une application plus générale et qu'elle ne fait allusion qu'à la solidité de ces anciens chemins. Cette expression n'est point tombée en désuétude, et au-

4

La voie d'Agrippa traversait le Lez à 1 kilomètre environ
au levant de Bollène et, parvenue sur l'autre rive, laissait
autrefois à sa droite l'ancienne chapelle de St-Geniès, dont il
ne reste plus trace, et près de laquelle devait se trouver le
relai du Lez, *mutatio Adletoce* (1). La chaussée romaine
s'engageait alors, par une faille naturelle, au milieu du massif
montagneux qui, du nord au midi, et sur une longueur de 7

jourd'hui encore, dans le langage des ponts-et-chaussées, on dit *un chemin
ferré* pour empierré.

La qualification de *camin de la rèino, chemin de la reine*, fait allusion à une
légende qui a cours dans le pays. Les paysans racontent que la reine
Jeanne avait fait faire cette route pour aller visiter un prince à Barri.
Nous allons trouver un peu plus loin, pour le segment de la voie romaine
située entre le château d'Uchaux et la rivière d'Eigue, une légende analogue.

(1) L'appellation *Adletoce* paraît être un mot gaulois composé d'un préfixe
ad et du nom de la rivière. (V. Zeuss. *Gram. celt.* 2e édit., p. 865).

La *mutatio Adletoce* doit être placée, croyons-nous, au quartier de St-
Geniès, sur la rive gauche du Lez, et à l'entrée de la montagne. D'après
l'Itinéraire hiérosolymitain, on comptait 13 milles, (19.253 m.), d'Orange à
ce relai. On trouvera la mesure exacte, si l'on tient compte des nombreuses sinuosités de la route à travers la montagne, d'Uchaux au Lez, et de
l'habitude qu'avaient les Romains de compter toujours comme complet le
mille commencé. Ajoutons qu'il y avait autrefois, à l'endroit sus-indiqué,
une ancienne chapelle de St-Geniès, ayant vraisemblablement remplacé un
petit temple antique, et autour de laquelle on a trouvé des sépultures
gallo-romaines. La pierre tumulaire d'un sévir augustal qui avait été
comprise dans la construction de la chapelle et malheureusement taillée
dans ce but, a été recueillie par M. Paul de Faucher, de Bollène. D'après
un estampage que nous lui en avions envoyé, M. Allmer a restitué comme
suit le fragment d'inscription qui se voit encore sur ce petit monument :

Q · PONTInio
dIONI
iiiiiivIR · AVG
...pontiNIVS
· · · · ·

Q. Pontinio Dioni (?) seviro augustali.... Pontinius (patri optimo).

(Allmer, *Revue épig. du midi de la France,* n° 316)

kilomètres, s'étend entre la rivière du Lez et le château ruiné d'Uchaux. Dans son parcours à travers la montagne, la voie conserve les noms de *camin ferra* et *camin de la rèino*. Après avoir pénétré dans la tranchée en question, elle inclinait toujours au levant, se confondait d'abord avec la route actuelle, mais l'abandonnait bientôt après, sur la droite, un peu avant d'arriver à la ferme de la Roquette, et la côtoyait sur une étendue d'un kilomètre environ. On peut la voir à cet endroit, encaissée dans les flancs du rocher sur lequel les roues des chars ont laissé de profondes ornières. Un peu plus loin, les eaux pluviales ont raviné le sol et entraîné les terrains sur lesquels elle était assise. Avant d'arriver aux Reynauds, la voie se raccordait de nouveau avec la route nouvelle et passait au couchant de ce hameau, qui est en partie bâti sur l'emplacement d'une localité gallo-romaine, dont on retrouve encore, dans les terrains environnants, de nombreux vestiges (1). Au delà des Reynauds, le vieux chemin passant sur le bord oriental de l'ancien étang de Derbous, aujourd'hui desséché, se confondait d'abord avec le tracé de la route moderne, puis l'abandonnait un instant sur la droite, pour se rapprocher du lit de l'étang, et après s'être de nouveau raccordé avec elle, à la hauteur de la ferme de Bousson, il s'en séparait, quelques mètres plus loin, sur la gauche. Il

---

(1) Le hameau des Reynauds a succédé à une ancienne localité du nom de Derbous, castrum *de Darbussio*, dont l'emplacement comprenait la colline, au sommet de laquelle s'élèvent encore les ruines de l'ancien château de ce nom, et la partie de la plaine qui s'étend jusqu'au bord de l'ancienne voie. Cette localité du moyen-âge avait elle-même remplacé une agglomération gallo-romaine assez étendue, puisqu'on en trouve des vestiges autour des ruines du vieux château et dans les terrains qui entourent le hameau moderne ; on y a mis souvent à découvert des monnaies romaines, des substructions, beaucoup de débris de poteries antiques et de tuiles à rebord. La plupart des pierres qui ont été retirées du sol et qui ont servi à la construction du hameau actuel, portent les traces d'un violent incendie.

traversait la nouvelle route, la côtoyait à droite, et arrivait sur l'emplacement du hameau des Farjons, en passant devant la chapelle St-Roch (1). A cinq cents mètres environ au delà, l'ancien chemin rejoignait le nouveau tracé, et longeait avec lui le pied des collines couvertes des bois de Sérignan, puis décrivant un crochet sur la gauche, passait au dessous de la vieille chapelle de St-Michel, et descendait enfin des hauteurs qu'il avait ainsi traversées de part en part (2).

La voie se dirigeait alors sur le hameau de la Galle, se séparait pour quelques instants encore, sur la gauche, de la route qu'elle retrouvait à la hauteur de la ferme de Ganichot, et se confondait enfin avec le chemin de grande communication dont elle suit le tracé en ligne droite jusqu'aux bords de l'Eigue. Un peu avant d'y arriver, elle a été interrompue par la route

(1) Près du hameau des Farjons on découvrit, il y a quelques années, un buste antique de proportions colossales, représentant sans doute une divinité. Il a été acquis par le musée de Lyon.

(2) Au-dessous de l'ancienne chapelle de St-Michel et du château d'U-chaux existait autrefois un village. Le nom tout latin de *de Octavis* qu'il portait au moyen-âge (Chartes des XIII\e et XIV\e siècles communiquées par M. Duhamel, archiviste du département de Vaucluse), venait sans doute de ce que près de là s'élevait, sur le bord de la voie romaine, le huitième milliaire. Non loin de Nîmes, nous trouvons une autre localité de nom identique, *Uchau*, dénommée, au moyen-âge, *de Octavo* (V. *Dict. topog. du Gard*, par E. Germer-Durand, v° *Uchau*), parce qu'elle était sur la voie Domitienne, près du huitième milliaire à partir de Nîmes. Mais tandis que le nom de la localité du Gard est au singulier, *de Octavo*, *Uchau*, celui de l'ancien village de Vaucluse est au pluriel, *de Octavis*, *Uchaux*. Cela nous amènerait à penser qu'à partir de ce point, la distance de 8 milles romains était comptée deux fois : une fois d'Uchaux à Orange, et une autre, d'Uchaux à la station de *Senomagus*, que nous considérons comme la dernière que l'on rencontrât sur le territoire des *Tricastini*, avant d'entrer sur celui des *Cavari*. C'est à peu de chose près le chiffre qu'on trouve si l'on mesure chacune des distances sus-indiquées, en évaluant le mille romain comme M. Aurès, à 1481 mètres ; et d'après la Table de Peutinger, c'est le total approximatif du parcours entre les deux stations extrêmes, Orange et *Senomagus* ; cet Itinéraire compte XV milles (22. 215 m.) entre ces deux points.

d'Orange à Sérignan, mais on la retrouve aussitôt après et on peut la suivre jusqu'à la rivière. Pendant la traversée de la plaine, c'est-à-dire sur une étendue de 4 kilomètres, l'ancienne voie est connue dans le pays sous le nom de *camin reiau*, chemin royal (1). Au delà de l'Eigue, elle a été coupée par l'établissement du chemin de fer, mais elle reparaît plus loin, et se continue pendant deux ou trois cents mètres environ, au bout desquels elle se confond avec la route nationale jusqu'à l'arc de triomphe d'Orange.

Après être entrée dans cette ville par une porte de son enceinte et l'arcade centrale de son arc de triomphe, la voie d'Agrippa suivait la rue du faubourg de Lange, inclinait à gauche et débouchait sur le *forum*, situé au sud-est d'Orange (2).

---

(1) Il existe, dans le pays d'Orange, à propos du segment de la voie romaine appelé dans le langage méridional *camin reiau*, une légende analogue à celle de Bollène. Cherchant à expliquer la beauté de cette ancienne route, les gens de la contrée ont imaginé naïvement qu'un prince d'Orange l'avait fait établir, pour aller voir au château d'Uchaux une grande dame dont il était épris.

Dans la plaine qui s'étend entre Uchaux et l'Eigue, et le long de la voie romaine, il a été trouvé de nombreux vestiges d'antiquités, qui montrent qu'alors comme aujourd'hui cette plaine était couverte de villas ou de fermes. Une des plus intéressantes découvertes de ce genre est celle qui y a été faite vers la fin de l'année 1882, au moment où s'exécutaient les travaux du canal de Pierrelatte. A droite de la route, en venant d'Uchaux, et à 50 mètres environ au-dessous du petit chemin qui conduit de Piolenc à Sérignan, les ouvriers mirent à découvert, à 2 mètres de profondeur, trois belles urnes cinéraires en verre entourées d'un grand nombre de vases ou flacons en verre également, de forme et de grandeur différentes. Parmi ceux-ci, s'en trouvait un remarquable par sa couleur jaune et blanche, imitant les veines de l'agate. Ces antiquités ont été acquises par le musée d'Avignon.

(2) Le *forum* d'Orange, qui avait, comme tous les autres, la forme d'un carré long, était borné, au midi, par la majestueuse façade de son théâtre, et au couchant, par un des côtés du cirque. Au nord et au levant, devaient s'élever d'autres monuments, tels que temples, basiliques, etc. On croit que l'ancienne cathédrale, qui marque sans doute sa limite, au nord, et l'église St-Florent, à l'est, ont été bâties sur l'emplacement d'un temple antique ; cela n'a rien que de très vraisemblable.

Elle se continuait par le quartier de Pourtoules, longeait, à la suite du théâtre antique, le pied de la colline, suivait l'axe de la rue St-Lazare qui reproduit encore son tracé, et ressortait de la ville par une autre porte de ses remparts dont on voit encore les restes appuyés, en partie, sur le mur de la maison Féraud. A l'extrémité de la rue St-Lazare, elle se confondait avec la route d'Orange à Châteauneuf, qu'elle suivait à peu près dans toute son étendue (1). Elle passait donc avec

(1) Tout le long de la rue St-Lazare, et bien au-delà, de chaque côté de la route d'Orange à Châteauneuf, ont été trouvées des antiquités et des sépultures gallo-romaines qui indiquent le passage d'une importante voie ; cette voie ne peut être que celle d'Agrippa. Le chemin d'Orange à Châteauneuf est resté, jusqu'au commencement de ce siècle, la grande route du pays, la route royale, qui fut abandonnée, à la suite des énormes dégradations que lui firent subir les eaux pluviales dans le ravin où elle descendait près de Châteauneuf. L'importance que ce chemin a conservée jusqu'à notre époque est encore une preuve en faveur de son antiquité.

Lapise (*Hist. d'Orange*, p. 37), et après lui, M. de Gasparin (*Hist. de la ville d'Orange*, p. 107), ont commis une confusion en faisant passer la voie d'Agrippa au couchant d'Orange ; mais il est facile de relever leur erreur, lorsqu'on a parcouru les environs de cette ville et qu'on en a étudié la topographie.

Nous reconnaissons avec l'historien d'Orange qu'une voie romaine importante suivait le pied de la colline, au couchant, et sortait de la ville par une porte antique dont on voit les restes à l'entrée du cimetière catholique ; mais cette voie dont on suit facilement le tracé à travers la plaine, après avoir passé entre les *Moure rouge* et côtoyé le bois de St-Paul, au lieu de *se diriger vers le midi*, comme l'a cru Lapise, *en confrontant la terre de Maucoil*, inclinait de plus en plus vers le couchant pour aboutir au Rhône, au port d'Auriac, c'est-à-dire au port d'Orange, *portus Arausiensis*. C'est là, en effet, sur la rive gauche du fleuve, et à 8 kilom. de distance, que les bateaux déposaient les marchandises à destination de cette ville, où on les transportait ensuite sur des chariots, en suivant la voie que nous indiquons. Elle porte encore le nom d'*ancien chemin d'Auriac*, et c'est par elle que, jusqu'au milieu de ce siècle, ont été transportés à Orange les différents produits nécessaires à son commerce ou à son alimentation.

Lapise s'est donc trompé en prenant la voie qui sortait d'Orange, au couchant, pour celle d'Agrippa ; celle-ci ne pouvait pas, en quittant la ville, incliner au couchant, mais elle devait, au contraire, se diriger vers le levant, pour éviter, au-dessous de Châteauneuf, la courbe formée par le Rhône, et tendre ensuite plus directement vers Sorgues et le Pontet.

elle au levant de l'étang d'Aglan, aujourd'hui desséché, s'élevait à la montée de Souchon, parcourait le quartier de la Gironde, de Boileson, laissait à droite le hameau de Jaumes et les collines de Maucoil, gravissait la montée du *Caladat* (1), et parvenue au haut du quartier de Galiguière, abandonnait le tracé de la route moderne pour suivre, à droite, un petit ravin où elle a laissé des vestiges de son passage. Traversant ensuite le nouveau chemin de Châteauneuf, elle se continuait, à sa gauche, par le plateau de la Rode et le ravin où on la retrouve aujourd'hui très encaissée, laissait le village de Châteauneuf au couchant, se confondait, au dessous de la propriété Pécoul, avec la route de Roquemaure à Sorgues et parvenait enfin au pied de la colline.

Passant alors au levant de la chapelle de St-Pierre-de-Luxembourg, la voie quittait le nouveau chemin pour reprendre, à sa droite, le tracé de l'ancienne route royale ; elle passait avec elle au midi de la ferme de Condorcet et, après un parcours de 4 kilomètres, rejoignait le chemin de Roquemaure à Sorgues. Avant d'atteindre l'ancienne chapelle de Beauvoir, la voie délaissait un moment la nouvelle route, pour incliner à gauche, puis, la coupant obliquement, passait derrière le chevet de cette chapelle, et se dirigeait ensuite en droite ligne vers la rivière de la Sorgue, qu'elle traversait un peu en aval du pont en pierre actuel. (2).

La voie romaine parcourait l'emplacement du village mo-

---

(1) En provençal, *caladat* signifie lieu pavé. La route qui présente, en cet endroit, de fortes pentes et qui est, par suite, très exposée aux ravinements de la pluie, avait dû être pavée très anciennement. Il y a quelques années seulement, le milieu de la chaussée l'était en cailloux roulés, et les bords ou accotements en gros blocs de pierre. On voit encore la trace de ceux-ci.

(2) A partir de Châteauneuf, la voie d'Agrippa, au lieu de se diriger directement vers l'embouchure de la Sorgue, où les terrains bas et marécageux l'auraient exposée à ses crues ainsi qu'à celles du Rhône, obliquait légèrement au levant, ce qui lui permettait de rester toujours à l'abri des

derne de Sorgues, du nord-ouest au sud-est, pour suivre, à
partir de la mairie, le tracé de l'ancien chemin dit des Gran-
ges ou Panissé. En se dirigeant vers le midi, ce chemin coupe
à angle droit, au milieu de Sorgues, l'avenue de la gare, et
aboutit à la voie ferrée un peu au dessus du passage à ni-
veau, situé à la hauteur de la propriété de Brantes. Après
avoir traversé celle-ci, il se rapproche de plus en plus de la
voie ferrée, qu'il finit par côtoyer sur la gauche en descendant,
et passe successivement devant la propriété de M. Chardon
et celle de M. le docteur Yvaren. La voie de Lyon arrivait
ensuite au relai de *Cypresseta*, *mutatio Cypresseta*, que
nous plaçons au levant de l'embouchure de la Sorgue (1). Au
dessous de ce point, elle a été interrompue dans son parcours
sur les terrains appartenant à la famille Sinety, mais elle reparaît, au delà de cette propriété, pour se continuer pendant
un demi kilomètre jusqu'à l'entrée du Pontet, où elle est connue sous le nom de *vieux chemin de Sorgues*.

La voie suivait alors sensiblement le tracé de la route na-

inondations, et de traverser la Sorgue à l'endroit où son lit étroit et resserré
rendait le passage facile.

Le village de Sorgues, paraît être d'origine moderne ; on n'y a pas
trouvé trace d'antiquités. Le passage de la rivière et les péages importants
auxquels il a donné lieu, pendant tout le moyen-âge, ont déterminé sa formation.

(1) Les 5 milles romains (7405 m.) qui, d'après l'Itinéraire de Bordeaux
à Jérusalem, séparaient Avignon de la *mutatio Cypresseta*, nous font placer ce relais à 1 k. environ au levant de l'embouchure de la Sorgue. En
admettant que par *Cypresseta* il faille entendre non pas seulement un quartier, un lieu complanté de cyprès, mais encore une localité de ce nom,
nous serions disposé à lui assigner pour emplacement celui de l'auberge
Girard, au bord même du Rhône, et un peu au-dessous de l'embouchure
de la Sorgue. C'est sur ce point dominant les terrains caillouteux d'alentour, qu'ont été trouvées à plusieurs reprises des sépultures antiques. Quand
à la *mutatio*, elle devait être au bord de la voie, dans la direction indiquée
ci-dessus. Ici, comme pour le relais de Barbentane que nous rencontrerons
plus bas, la voie d'Agrippa devait passer à une certaine distance de la
localité gallo-romaine.

tionale jusqu'au chemin de Morières, où, se détournant au couchant, elle allait se renouer avec le tronçon du viéux chemin qui passe devant le jardin du sieur Auguste Parme ; elle se continuait jusqu'à la voie ferrée, qui l'a momentanément interrompue; mais elle se retrouve au delà, sous le nom de chemin du Jardin neuf, jusqu'à l'angle du terrain appartenant à la famille Barbeirassi, où, tournant brusquement à gauche, elle se reliait, avant l'établissement de la digue, avec le chemin dit de *Bonne aventure* (1). Parvenue sur l'emplacement de la porte St-Lazare, elle suivait l'axe de la rue Carreterie, et devait pénétrer dans Avignon par une porte de l'antique enceinte que remplaça plus tard celle connue sous le nom de portail Matheron (2).

A son entrée en ville, la voie d'Agrippa se dirigeait vrai-

(1) Ce chemin prit son nom d'une chapelle connue sous le vocable de Notre-Dame-de-bonne-aventure, transformée aujourd'hui en atelier de menuiserie. Cette qualification ne serait elle-même, d'après certains auteurs, que la corruption des mots latins *boni adventûs*, c'est-à-dire d'heureuse arrivée. Suivant une autre version, les mots de bonne aventure feraient allusion à la découverte qui fut faite, dans le Rhône, d'une statue de la Vierge, et c'est à cette occasion qu'aurait été construite la chapelle en question.

(2) Nous avons vu plus haut qu'un *hospitium* ou maison de refuge avait été établie, au moyen-âge, à la tête du pont St-Bénézet. Il était alors d'usage, avons-nous dit, d'élever des établissements de ce genre, le long des anciennes voies, dans l'intérêt des pèlerins ou des pauvres passants. Une de ces maisons connue sous le nom d'*hôpital des pèlerins* avait été fondée, sur la fin du XIVᵉ siècle, rue Carreterie, au bord précisément de la rue qui a dû succéder à la voie d'Agrippa. (V. Paul Achard, *Dict. hist. des rues d'Avignon*, p. 43).

Nous faisons pénétrer la voie antique dans Avignon, par une porte qu'aurait remplacée plus tard celle connue sous le nord de *portail Matheron*, parce que nous supposons que la première enceinte qui fut construite au moyen-âge, le fut à peu près sur l'emplacement de l'enceinte romaine.

D'après la carte de Peutinger, la distance entre Avignon et Orange aurait été de XV milles seulement (22,200 m.), tandis que d'après l'Itinéraire de Bordeaux à Jérusalem, elle aurait été de XX milles, (29,600 m.). Nous considérons cette dernière donnée comme plus exacte.

semblablement suivant le tracé de la rue Saunerie, tournait
ensuite à gauche, conformément à celle des Fourbisseurs,
passait derrière l'église St-Didier qui, d'après la tradition, a
été bâtie sur l'emplacement d'un temple païen, (1) pour se
continuer par la rue des Trois-faucons, et ressortir de la ville,
à l'entrée de cette rue, par une porte qu'avait remplacée, au
moyen-âge, celle dite *de Rome* ou du Pont-rompu. (2).

Après avoir traversé la place des Corps-Saints, la voie antique suivait le tracé d'une ancienne rue devenue aujourd'hui
une impasse, située entre le pénitencier militaire et l'entrée
des rues de la Colombe et des Chevaliers, se continuait à travers l'ancien parc des Célestins, où ont été trouvées de très
nombreuses sépultures gallo-romaines, et se raccordait avec
le chemin de Monclar (3). Conformément à la direction de

(1) D'après une tradition, saint Agricol, évêque d'Avignon, aurait élevé
l'église St-Didier sur l'emplacement d'un temple païen. La découverte que
l'on fit, il y a quelques années, lorsqu'on changea le dallage de cette église,
de substructions antiques, bâties en grand appareil, vient à l'appui de cette
tradition.

(2) Le premier de ces qualificatifs, par lequel cette ancienne porte d'Avignon est quelquefois désignée dans les vieux actes, n'est sans doute que la
continuation du nom de la porte romaine qui existait en cet endroit. C'est,
en effet, en suivant la voie d'Agrippa jusqu'à Arles, et à partir de cette
ville, la voie Aurélienne, qu'on arrivait le plus facilement dans la capitale
de l'Empire. ,

Près de cette porte, c'est-à-dire à l'entrée de la place des Corps-Saints,
existait avant 1210 un hospice qu'on appelait l'*hôpital de la Bienheureuse-
Marie-du-Pont-rompu*. C'était encore une de ces maisons de refuge établies le long des anciennes voies, comme celle de St-Bénézet, près du
pont de ce nom, et celle *des Pèlerins*, rue Carreterie. (Paul Achard, *Hist.
des rues d'Avignon*, p. 60.)

(3) Le grand nombre d'urnes cinéraires qu'on mit à découvert dans
l'ancien parc des Célestins, lorsqu'en 1853, on y construisit les bâtiments
du pénitencier militaire, prouvent que le cimetière gallo-romain d'Avignon avait été établi en cet endroit, le long de la voie antique.

Comme pour les Aliscamps d'Arles, au cimetière gallo-romain succéda
un cimetière chrétien qu'on désignait sous le nom de St-Michel, et dans
lequel on enterra pendant tout le moyen-âge. C'est là qu'en 1387 fut

cette route, à laquelle les remaniements modernes ont fait perdre sa rectitude, et qui porte le nom d'*ancienne route de Tarascon*, la voie d'Agrippa aboutissait au bord de la Durance, un peu en amont du viaduc du chemin de fer.

On la retrouve en face, de l'autre côté de la rivière, où elle est connue sous la dénomination de *vieux chemin d'Arles*. Laissant, à 3 kilom. au couchant, la localité de *Bellintum*, Barbentane, elle atteignait le relai de ce nom que nous supposons avoir existé au dessous de la station du chemin de fer, et se dirigeait vers la Montagnette (1). Elle y aboutissait au quartier de la Roque, s'élevait sensiblement sur ses bords pour passer au milieu de la double tranchée qui lui a été ména•gée dans le rocher, et après l'avoir côtoyée jusqu'au delà de la station de Graveson, elle la quittait et s'engageait à travers la plaine (2). Elle passait au dessous du *mas* du Grand-contrat, • à droite de celui d'Alby, à Laurade, desservait le *vicus* d'*Ernaginum*, St-Gabriel, et parvenait enfin à Arles.

enseveli St-Pierre-de-Luxembourg, et c'est sur cet emplacement que s'éleva, bientôt après, le monastère des Célestins.

La rue dont la voie romaine suivait le tracé et qui est devenue une impasse, séparait autrefois des bâtiments de leur monastère le parc des Célestins. Les moines ne pouvaient aller s'y promener qu'en passant par un arceau. (Paul Achard, *Idem*, p. 59-60.)

Lors de l'établissement des machines pour les eaux de la ville, au bord de la route de Monclar, on découvrit, au milieu de débris d'urnes cinéraires, une statue de femme dont la tête seulement a pu être recueillie et déposée au musée Calvet. Le cimetière gallo-romain devait s'étendre jusque là et se continuer encore le long de la voie.

(1) Les Itinéraires comptant 5 milles (7405 m.) entre *Avenio* et la *mutatio Bellinto*, nous plaçons celle-ci à 1. k. environ au-dessous de la station de Barbentane. Lors de l'occupation romaine, la Durance coulait plus au midi, c'est-à-dire plus près du relai et du village de Barbentane; cela semble résulter des laisses de la rivière que l'on trouve non loin de cette localité et à peu de profondeur sous le terrain d'alluvion.

(2) On voit, à la mairie de Maillane, un fragment de borne milliaire de l'époque de Tibère qui provient vraisemblablement de la voie d'Agrippa. Cette borne, qui était un parallélipipède rectangulaire, avait été coupée, au moyen-âge, en forme de table de 0 m. 19 d'épaisseur seulement pour être

VI

Voie d'Arles à Milan ; sa direction générale. Confondue par erreur avec la voie Aurélienne. Son antiquité : suivie par les Gaulois de Bellovèse, 600 ans av. J. C., et par César, lors de sa première entrée en Gaule. Restaurée dans les Alpes par le roi *Cottius*, et dans toute son étendue, par Auguste. Son tracé dans le département de Vaucluse.

Après la voie d'Agrippa, dont nous venons de parler, la plus importante du pays cavare était celle qui, partant d'Arles, *Arelate*, traversait la Durance à Cavaillon, *Cabellio*, et, s'engageant ensuite dans la vallée du Calavon, passait à Apt, *Apta Julia;* Sisteron, *Segustero;* Gap, *Vapincum;* Embrun, *Eburodunum;* Briançon, *Brigantio;* et traversait la

comprise dans la construction de la chapelle de St-André située autrefois au levant de Maillane. Lors de la démolition de cette chapelle, elle fut transportée au village où elle servit de marche d'escalier. Recueillie par les soins du poète provençal F. Mistral, elle fut déposée dans le vestibule de la mairie, où on peut la voir aujourd'hui. Elle mesure 1 m. de hauteur sur 0 m. 79 de largeur. Par suite des dégradations qu'elle a subies en haut et à droite, l'inscription a été un peu détériorée; mais il est facile de la restituer et de la lire comme suit :

Ti ▲ CAESAR • divi
AVGVSTI • F • AVgus
TVS • PONTIFEX
MAXVMVS • Tri
BVNICIA • POTES
TATE • XXXIII • RE
FECIT • ET • RESTITVIT

Le *t* et l'*i* d'*Augusti* sont liés ; l'*a* final de *tribunicia* est surmonté d'un accent.

Une borne milliaire du même empereur et de la même époque, provenant de la voie d'Agrippa, a été trouvée près de Montélimar. L'inscription, moins bien conservée que celle de Maillane, est conçue dans les mêmes termes. (V. *Les Alpes Cottiennes et Graies* par Florian Vallentin. p. 86)

section des Alpes connue sous le nom d'Alpes Cottiennes, au mont Genèvre, *mons Matrona*, pour aboutir à Milan, *Mediolanum*.

On donne quelquefois à cette voie le nom d'Aurélienne, *Via Aurelia;* cette dénomination n'est habituellement attribuée qu'à celle qui pénétrait en Provence par les Alpes maritimes, parcourait le littoral méditerranéen, et, après avoir traversé, du nord au midi, tout l'ancien territoire des Sallyens, aboutissait à Arles. Dans la partie supérieure de son tracé, un des embranchements de la voie Aurélienne, connu encore en Provence sous le nom de *camin Aurelian*, passait par Aix, *Aquæ Sextiæ;* Salon, *Salo;* Aureille, *Aurelia;* Maussane, *Manuzana*, traversait les Alpines jusqu'à St-Rémy, *Glanum*, où il se confondait avec la voie venant de Milan, et suivant avec celle-ci le revers septentrional de cette chaîne, la contournait à St-Gabriel, *Ernaginum*, avant de faire son entrée à Arles. C'est sans doute parce que cet embranchement se reliait, au delà des Alpines, à la voie d'Arles à Milan, qu'on a pris l'habitude de donner à cette dernière par extension et abusivement la dénomination de voie Aurélienne.

La grande route d'Arles à Milan a très vraisemblablement, comme celle d'Agrippa, été restaurée sous Auguste; mais, de même que toutes les voies importantes du midi de la Gaule, elle a dû être frayée dès les temps les plus reculés. On considère le col du mont Genèvre, *mons Matrona*, comme ayant été le plus anciennement pratiqué de la section des Alpes connue sous le nom d'Alpes Cottiennes, *Alpes Cottiæ* ou *Cottianæ*, et on suppose que c'est par là que les Gaulois pénétrèrent en Italie, sous le commandement de Bellovèse, au commencement du VIe siècle avant notre ère. C'est aussi par le mont Genèvre et par la vallée de la Durance que César fit, pour la première fois, son entrée en Gaule, à la tête de son armée. Cette section des Alpes porta même, quelque temps, en souvenir de cet évènement, le nom d'Alpes

Juliennes, *Alpes Juliæ*, remplacé bientôt après par celui
d'Alpes Cottiennes, *Alpes Cottiæ*. César nous dit lui-même,
dans ses Commentaires, que c'était la route la plus courte
pour passer d'Italie en Gaule (1). Ce motif dut la faire
préférer de bonne heure à toutes les autres, et alors surtout
qu'elle eut été complètement restaurée. « Elle devint incon-
testablement, dit M. E. Desjardins, la plus fréquentée et le
grand chemin de la Gaule en Italie à travers les Alpes » (2).
C'est par le mont Genèvre que nous font passer les Itinéraires anciens ; celui d'Antonin, la table de Peutinger, le Hiérosolymitain, trois sur quatre que nous font connaître les vases
Apollinaires, et enfin l'anonyme de Ravenne. Le petit roi
barbare Cottius, dont le domaine comprenait la section des
Alpes, appellées de son nom Cottiennes, et qui consentit à
faire sa soumission à Auguste, est considéré comme ayant
rectifié et mis en état la partie de la route qui traversait les
Alpes (3). C'est à la suite de ces premiers travaux qu'Auguste
dut la faire restaurer sur tout son parcours ; la seule borne
milliaire qui ait été trouvée sur son passage, dans le département de Vaucluse, et qui est de cet empereur, semble l'établir.

Cette voie partait d'Arles, *Arelate*, passait à St-Gabriel,
Ernaginum, suivait le versant septentrional de la chaîne
des Alpines, où elle est encore connue sous le nom vulgaire
de *camin dis Arlatan* ou chemin d'Arles, desservait St-Rémy,
Glanum, se continuait sur le flanc de la montagne, et avant
d'arriver à Orgon, se détournait vers Cavaillon, *Cabellio*, en
face duquel elle traversait la Durance, *Druentia*.

Elle entrait dans cette dernière ville par une porte située
au midi, à peu près à l'entrée de la rue de la porte du Clos,
suivait l'axe de cette rue, passait sur l'emplacement du pres-

---

(1) César, *B. G.* 1, 10.
(2) E. Desjardins, *Géogr. de la Gaule romaine*, 1, p. 86.
(3) Amm. Marcell. XV, X, 2 et 7.

bytère, derrière l'église, parcourait toute la Grand'Rue, et ressortait au nord, par une autre porte qu'a remplacée celle dite d'Avignon. La voie suivait le tracé de la route qui conduit à cette ville, puis, au lieu de contourner, comme celle-ci, le rocher de St-Jacques, se dirigeait en droite ligne sur le Calavon, *Calavus*, en passant au levant de la grange du sieur Grosvéran, dont elle sert de limite de ce côté-là, sous le nom de route de l'Isle, bien qu'elle soit réduite actuellement à l'état de sentier. Après la traversée de la rivière, elle obliquait brusquement à droite, où elle subsiste sous le nom de chemin de la Tour de Sabran. Elle y aboutissait suivant un tracé encore parfaitement rectiligne, en passant aux fermes de Franchassin, Beauplan, et Châteauneuf, et s'y raccordait avec l'importante voie secondaire qui venant d'Avignon, passait par Caumont, *de Cavo monte*, et Notre-Dame-des-Vignères.

En s'éloignant de la Tour de Sabran, placée au carrefour important de nombreuses routes romaines rayonnant dans tous les sens, et où l'on a trouvé des vestiges d'antiquités (1), la voie de Milan se confondait avec le tracé de la route nationale actuelle, allant de l'Isle à Apt, mais après avoir dépassé le hameau de Coustelet, elle quittait l'axe du nouveau chemin pour le suivre parallèlement sur la droite, jusqu'au torrent de la Sénancole; à partir de ce point, elle se confondait de nouveau avec lui, et arrivait à l'entrée du village des Baumettes. Dans tout ce parcours, la voie romaine suivait le bord d'une terre d'alluvion caillouteuse qui, par sa surélévation, la mettait à l'abri des inondations du Calavon.

Parvenue devant l'église des Baumettes, la voie quittait la rive droite de la rivière, la traversait sur un pont en pierre

---

(1) L'emplacement de l'ancienne construction dite Tour de Sabran a été, de tout temps, un point important par sa situation au carrefour de nombreuses voies. On y a trouvé des sépultures, des monnaies et des poteries gallo-romaines.

dont il ne reste plus trace (1), remontait la rive opposée, en
suivant d'abord une ligne oblique encore reconnaissable, et
s'élevait jusqu'au pied de la chaîne de collines qui nous paraît avoir marqué les *Fines* ou limites des territoires des *Cavari* et des *Vulgientes*, et dont l'extrémité, s'avançant sur le
lit du Calavon, s'appelle, en langue vulgaire, *lis artemo* (2).

(1) D'après une tradition que nous avons recueillie dans la vallée du Calavon, il existait un pont en pierre en face du village des Baumettes qui faisait passer la voie romaine de la rive droite de la rivière sur la rive gauche,
de même qu'en amont, le pont Julien la faisait repasser sur l'autre bord.

(2) Au point désigné dans les Itinéraires sous le nom de *Fines* se ter-
minaient les territoires des *Cavari* et des *Vulgientes*, et non pas, comme
l'a dit M. Toulouzan (V. *Statistique des Bouches-du-Rhône*, 2, p. 312), des
Vulgientes et des *Vordenses*, habitants de Gordes, ces derniers ne formant
qu'un *pagus* de la *civitas Julia Apta*. Il y a intérêt à déterminer ces *Fines*
qui fixent les limites des Cavares de ce côté là, et ont pour conséquence de
mettre le petit peuple des *Vulgientes* sous la dépendance des Voconces; mais
les géographes ont varié à ce sujet.

Ce qui doit surtout nous servir à élucider cette question délicate, c'est le
calcul des milles romains ; nous devons le considérer comme la donnée la
plus sérieuse que nous possédions. Or, la distance entre *Julia Apta* et
Fines, il y a concordance à cet égard entre tous les Itinéraires, était de 10
milles, soit de 14815 mètres, près de 15 kilom. Quant à la distance entre
Cabellio et *Fines*, les 2ᵉ et 3ᵉ vases Apollinaires, ainsi que l'Itinéraire d'Antonin, marquent 12 milles, soit 17814 mètres, près de 18 kilom. ; seule la
carte de Peutinger donne 1 mille de moins. Nous donnerons la préférence
aux trois premiers, puisqu'il y a concordance entre eux. Or, si nous comp-
tons 15 kilom. à partir d'Apt, en suivant exactement le tracé de la voie
romaine, et 18 kilom. à partir de Cavaillon, nous arrivons avec précision
à la pointe occidentale de la chaîne de collines qui, commençant au village
de la Coste, vient finir sur la vallée du Calavon, qu'elle resserre en cet
endroit d'une façon remarquable, en formant promontoire sur le lit de la
rivière. Quand on examine la vallée des hauteurs du village de Goult,
on est frappé de cette disposition-topographique, et on reconnaît qu'à cet
endroit est l'entrée du défilé qui commande la vallée d'Apt. Rappelons-
nous que les montagnes étaient pour les Gaulois des limites naturelles qui
servaient à séparer les différents territoires, et que les Romains ont dû
adopter souvent ces délimitations commandées par la nature même des
lieux.

Ajoutons, après M. l'abbé Fer, curé des Imberts, qui le premier a fait

Inclinant ensuite à gauche, elle contournait le rocher sur lequel elle était assise et d'où elle dominait la rivière, pour descendre, de l'autre côté, au quartier de Maricamp. Suivant alors une direction rectiligne et parallèle au lit du Calavon, elle passait successivement à la petite bégude, au pied du monticule sur lequel s'élèvent les ruines du château de Beau-Report, à la grande bégude, à la haute bégude, au moulin Desfer, à la ferme de la Pélussière, et se rapprochant du Ca-

cette remarque, que la dénomination des lieux vient à l'appui de cette opinion : l'extrémité de la chaîne de collines dont nous parlons s'appelle dans la langue vulgaire du pays *lis Artemo*, mot provençal paraissant être le même que *artimo*, et qui, venant du latin *ultima*, renferme l'idée d'extrémités, de confins. (V. *Dict. provençal* de F. Mistral, au mot *Artimo*.)

C'est donc, suivant nous, sur ce point, situé entre Notre-Dame-de-Lumières et les Baumettes, que doivent se placer les confins des deux territoires. La ligne divisoire traversant la vallée devait suivre le Calavon jusqu'aux Baumettes et, contournant le rocher contre lequel a été bâti ce village, devait remonter ensuite vers le nord, en passant au couchant du village et Gordes, le *pagus* des *Vordenses*, qu'elle laissait ainsi dans le territoire des *Vulgientes*.

Nous avons dit plus haut que les limites des anciens diocèses d'Apt et de Cavaillon ne concordaient pas tout à fait avec la ligne divisoire des deux territoires telle que nous la concevons. En effet, d'après les limites diocésaines qui laissaient les *artemo* au couchant, les villages de Goult et de Gordes faisaient partie du diocèse de Cavaillon.

M. Toulouzan, (*Statist. des Bouches-du-Rhône*, 2, p. 312), croit pouvoir placer *Fines* à la grande bégude, en amont des *Artemo*, sur le motif qu'elle est, à partir d'Apt, à la distance indiquée par la table de Peutinger, c'est-à-dire à 12 milles, et que *les bases des piliers du pont qui est vis-à-vis sont de construction romaine*. Ces deux assertions sont erronées : la distance d'Apt à *Fines* était, nous l'avons dit plus haut, de 10 milles ; si elle était de 12 milles, il faudrait reporter *Fines* au-delà des *Artemo*, aux Baumettes mêmes. De plus, il n'existe et il n'a jamais existé de pont sur le Calavon à la hauteur de la grande bégude ; un pont n'aurait été d'aucune utilité en cet endroit, par le motif que la voie romaine, sur le tracé de laquelle on ne saurait se méprendre et qui est connue de tout le monde dans la vallée, ne passait pas le Calavon à la grande bégude, mais continuait à suivre la rive gauche de la rivière pour aller la traverser beaucoup plus loin, en face du village des Baumettes.

5

lavon, qu'elle continuait à suivre parallèlement, allait aboutir au pont Julien. Depuis la Tour de Sabran jusqu'à ce pont, la voie romaine est connue, dans le pays, sous l'appellation vulgaire de *camin roumiéu* (1).

Parvenue sur la rive droite de la rivière, au moyen du pont encore subsistant, la voie se détournait brusquement à droite, gravissait entre le chemin de fer et la route moderne, des terrains en pente, où l'on retrouve des traces de pavage de l'ancienne chaussée, passait sur l'emplacement de la briqueterie dite du pont Julien, et surmontant le mamelon situé derrière cet établissement, s'élevait jusqu'à la ferme du Logis-neuf. A partir de ce point jusqu'à la gare d'Apt, l'ancien chemin suivait à peu près complètement le tracé du nouveau ; comme ce dernier, il passait devant l'auberge du Chêne, longeait la terre dite du Grand-camp, au bord de laquelle on a |trouvé une borne milliaire d'Auguste, ainsi que de nombreux vestiges d'antiquités, traversait le ruisseau de la Riaille, à l'endroit où a été bâti le pont de Lançon, et parvenu à la gare d'Apt, s'infléchissait à gauche, parcourait le terrain sur lequel a été établi le jardin de la station, et arrivait à l'entrée de la ville par le chemin connu sous le nom d'*ancien chemin d'Avignon*.

A cet endroit, la voie romaine se bifurquait ; un embranchement traversait le Calavon sur un pont de pierre établi un peu en aval du pont actuel, et après avoir passé, presque aussitôt après, sur un autre bras de la rivière, entrait dans la ville par une porte de son enceinte située au couchant (2).

---

(1) Cette dénomination, qui appartient à la langue vulgaire, correspond à celle de *caminus romeus* que l'on rencontre dans les anciennes chartes, et signifie chemin romain ou chemin qui mène à Rome. Elle est très répandue dans le midi de la France pour désigner les voies romaines.

(2) A l'époque romaine, Apt devait se trouver au milieu d'une île, car il n'est pas douteux qu'un bras du Calavon, s'écartant, en amont de la ville, de celui qui existe encore, passait au pied des collines situées au midi, et, se dirigeant vers la place de la sous-préfecture, où l'on a constaté la

La voie traversait Apt, de l'ouest à l'est, en suivant à peu près
la direction de la rue St-Pierre, passait sous un arc de triomphe à la hauteur de l'église paroissiale, et ressortait de la ville
par une autre porte qu'a remplacée celle de St-Pierre. Là,
ce premier embranchement se soudait avec l'autre que nous
avons négligé et dont nous allons donner le tracé.

Le deuxième embranchement qui permettait de ne pas entrer en ville, suivait la rive droite du Calavon, le long du
faubourg du Balai, longeait le pied de la colline de *Piuè-mar*,
Podium Martis, où il a porté jusqu'à nos jours le nom de
camin roumiéu (1), et parvenu en face de l'ancienne église
des cordeliers, traversait le Calavon sur un pont en pierre,
dont on voit encore la culée sur la rive gauche de la rivière.
Outre les cinq assises de cette culée bâtie en grand appareil,
on voit au même endroit, de chaque côté du Calavon, des
restes de quais romains sur lesquels ont été élevés les parapets
modernes. Ce second embranchement, auquel se raccordait,
avant le passage de la rivière, une voie secondaire passant par
Rustrel et le quartier de Viton, se reliait, à son tour, sur la
rive gauche du Calavon, à celui qui traversait la ville et en
sortait à cet endroit.

La voie, après avoir franchi le second bras de la rivière
qui se détachait, à cette hauteur, de celui qui existe encore,

présence de l'ancien lit, allait rejoindre l'autre bras, vers la place de la Bouquerie.

Ainsi qu'on peut en juger par l'examen des lieux, toute la partie de la
ville située au midi s'est considérablement exhaussée. M. Garcin, ancien
greffier du tribunal, faisant creuser dans le jardin qu'il possède en ce quartier, mit la base de l'enceinte romaine à découvert, et constata que ce mur
bâti en petit appareil n'était pas à moins de 11 mètres de profondeur.

(1) Ce chemin a aujourd'hui complètement disparu, le Calavon ayant
emporté la rive sur laquelle il était assis. La colline, au bas de laquelle il
passait, a pris le nom de *Piuè-mar, podium Martis*, d'un temple de Mars
qui s'y élevait à peu de distance de la chapelle actuelle, bâtie en souvenir
de la fameuse peste de 1720.

prenait tout d'abord la direction du chemin de Saignon, avec lequel elle se confondait un instant, puis tournait à gauche pour passer sur l'emplacement des premières maisons du quartier de la Madeleine, où des travaux exécutés, il y a quelques années, l'ont mise à découvert. Se rapprochant ensuite de la rivière, elle suivait le tracé de la route nationale, et, après avoir dépassé le ruisseau du Rimayon, passait entre le Calavon et le nouveau chemin qu'elle côtoyait sur une longueur d'un kilomètre environ. C'est à cet endroit qu'elle vient d'être mise à découvert, à l'occasion des travaux de terrassements exécutés pour l'établissement du chemin de fer des Alpes. Au delà de la campagne Devéria, elle s'éloignait de la route nationale, et inclinait à gauche pour passer au bord de la propriété dite la Maurizotte où ont été trouvées des sépultures gallo-romaines (1), et plus loin, au quartier de Pierrefiche, devant le champ du sieur Joseph Julien, où des sépultures de la même époque ont été mises à découvert (2). La voie ne rejoignait la route nationale qu'au moulin du Fangas, où de nouveau elle inclinait à gauche pour passer devant ce moulin, et se continuer, pendant 4 kil. environ, à travers les terrains qui bordent le Calavon ; elle y suivait à peu près le tracé de la nouvelle voie ferrée, s'élevait ensuite et venait passer sur l'emplacement de la route moderne, après la maisonnette dite le Caféton où on la retrouve.

Parvenue au pont des Fringants, la voie de Milan devait

---

(1) « Le sieur Isidore Peyron, dont la propriété faisait partie d'un vaste cimetière, découvert à diverses époques dans le même quartier, a trouvé dans les fouilles qu'il vient de faire une grande quantité de poteries et de verreries antiques consistant en urnes lacrymatoires, lampes funéraires, etc. » (C. Moirenc, *Projet impérial d'une carte topographique de la Gaule*, p. 37.)

(2) Il y a quelques années qu'en travaillant son champ, le sieur Joseph Julien découvrit, au bord de l'ancienne voie, un cercueil en pierre de petite dimension où avait été ensevelie une jeune fille, puisqu'il y trouva avec un lit de poupée, un miroir métallique ; et en outre, plusieurs urnes en pierre de forme ovoïde ou carrée contenant des cendres et des lampes funéraires.

traverser le Calavon sur un pont en pierre, aujourd'hui complètement disparu et qu'a remplacé le nouveau, passait, un
peu plus loin, sur le ruisseau de Boysset, au moyen d'un
autre petit pont en pierre désigné, dans de très anciennes
chartes des archives d'Apt, sous le nom tout romain de pont
Licinius, d'où, par corruption, le nom d'*Aleisin* donné au
nouveau (1), et après avoir dépassé le pont Jonquiers, gravissait, sur la gauche, les rochers qui surplombent la rivière.
La route ancienne serpentant sur ces hauteurs n'en descendait qu'au pont Brémond (2) ; confondue d'abord avec la
route nationale, elle s'en écartait ensuite légèrement sur la
droite, la suivait parallèlement, traversait le hameau du
Griffon, et au lieu de décrire le contour formé par le chemin
actuel, parcourait en droite ligne la petite plaine cultivée, à
l'extrémité de laquelle s'élève la ferme de Précontal ; elle
passait derrière cette construction, au hameau de la Bégude,
et rejoignait, quelques mètres plus loin, la route nationale
avec laquelle elle se confond jusqu'au pont de Céreste. La
voie romaine, traversant le Calavon sur un pont romain dont
l'établissement du nouveau a fait disparaître les derniers
vestiges, parvenait à Céreste, qui doit être identifié avec la
station de *Catuiaca* des Itinéraires, et 3 ou 4 kil. plus loin,
sortait du territoire des *Vulgientes* pour entrer sur celui des
Vocontii (3).

(1) Au mois de mai 1882, en voulant jeter sur le ruisseau de Boysset
un pont pour le passage de la voie ferrée, les ouvriers mirent à découvert
les bases de l'ancien pont.

(2) Un peu avant le pont Brémond, on remarque sur la montagne, au
bord de l'ancienne voie, des restes d'anciens bâtiments. C'est près de ces
constructions qu'on a trouvé des sépultures antiques, ainsi qu'une statuette
en bronze de Diane.

(3) Le nom de *Catuce* que porte dans les anciens actes un quartier du
village de Céreste, doit le faire considérer comme occupant l'emplacement
de la station de *Catuiaca*; *Catuce* n'est en effet que la dénomination altérée

VII

Des voyages, à l'époque romaine, et des différents motifs qui les faisaient entreprendre ; voyages de commerce les plus nombreux ; importance, à ce point de vue,
de la vallée du Rhône. — Corporations de bateliers desservant ce fleuve et ses
affluents ; honneurs dont elles étaient l'objet. — Situation topographique de
l'ancien territoire des Cavares, éminemment favorable au développement de ce
pays ; Avignon, la mieux placée de leurs villes.

Aux deux grandes voies de terre dont nous nous sommes
occupé jusqu'à présent, il convient d'ajouter le Rhône qui
fut, dès les temps les plus reculés, la grande voie fluviale de
la Gaule, celle qu'ont tour-à-tour suivie tous les peuples
voyageurs et commerçants de l'antiquité. Elle a puissamment
aidé au développement du pays cavare. Nous voulons en
étudier la navigation lors de l'occupation romaine ; mais avant
d'aborder ce sujet, nous indiquerons, en quelques mots, quels
étaient, à cette époque, les motifs qui déterminaient les déplacements et les voyages.

La paix profonde qui avait commencé de régner dans tout
l'empire, depuis l'avènement d'Auguste, comme aussi le réseau des belles routes que cet empereur avait fait ouvrir ou
restaurer, donnèrent aux voyages en général et au commerce en particulier un essor considérable. A côté de la poste
impériale qui venait d'être organisée, et qui était surtout affec-

de la localité gallo-romaine. (V. Damase Arbaud, *La voie romaine entre Sis-*
teron et Apt).

Les indications qui nous sont fournies par Strabon *(Géog.* iv.) sur la
limite du territoire des Voconces au levant des *Vulgientes,* nous permet de
la fixer à 3 ou 4 kil. de la station de *Catuiaca.* Les limites des anciens diocèses concordaient assez bien avec ces données : Céreste appartenait au
diocèse d'Apt, tandis que Reillanne faisait partie de celui d'Aix.

tée au service des courriers de l'état et des fonctionnaires, s'étaient établies des corporations ayant pour but de transpor-ter les voyageurs et les marchandises, soit par terre, soit par eau (1). Aussi, les voyages, dans l'antiquité, surtout par terre, n'ont pas été aussi rares qu'on pourrait le supposer tout d'a-bord. Un érudit allemand, M. Friedlaender, dans un intéres-sant et savant ouvrage sur les mœurs romaines, a dit à ce sujet : « L'impression que font les rapports de l'époque sur cet objet ne porte nullement à penser que les voyages par terre aient été, dans les premiers siècles de l'ère chrétienne, plus rares qu'au XIX⁰ siècle, avant l'établissement des che-mins de fer (2). »

La fréquence des voyages dans l'antiquité s'explique, comme de nos jours, par la multiplicité des motifs qui les faisaient entreprendre ; on avait pour se déplacer une foule de raisons: d'abord, l'immensité de l'empire entraînait un va-et-vient continuel de fonctionnaires, d'employés, de troupes, ou même de simples particuliers qui souvent se transportaient de pro-vinces fort éloignées les unes des autres. Mais outre cette cause générale, il en existait plusieurs autres qui nécessitaient de fréquents déplacements.

Il y avait les voyages entrepris par les professeurs et les artistes. Les premiers allaient enseigner dans les écoles des provinces ; les seconds y étaient appelés pour exécuter des statues ou des monuments dont nous avons quelquefois la bonne fortune de retrouver la trace. Parmi ces artistes, il nous

(1) Ces corporations tenaient à la disposition des voyageurs des voitu-res à quatre roues, *redæ*, munies de plusieurs sièges, et ressemblant assez à un char-à-banc couvert ; des voitures légères, à deux roues et à deux pla-ces seulement, *cisia*, rappelant par la forme notre moderne cabriolet. Il y avait en outre des loueurs de chevaux, *jumentarii*.

On voit par les inscriptions que ces différents collèges étaient établis habituellement près des portes des villes.

(2) Friedlaender, *Mœurs romaines*, trad. Vogel, 2, p. 334.

suffira de citer le sculpteur Zénodore, qui fut chargé par les Arvernes d'exécuter en bronze la statue colossale de leur Mercure-Dumiate, dont le temple s'élevait au sommet du Puy-de-Dôme. Cette œuvre ne coûta pas moins de dix années de travail (1).

A la suite des professeurs et des artistes, il faut placer la foule des fils de familles riches qui, désireux d'acquérir une instruction solide, quittaient leur foyer pour fréquenter les écoles célèbres. En Gaule, celles d'Autun, dans le centre, celles d'Arles, dans le midi, attiraient les jeunes gens de la noblesse gauloise, et la ville grecque de Marseille, renommée par l'intelligence et la politesse de ses habitants, était visitée même par la jeunesse de Rome.

On se déplaçait dans un but de dévotion, pour visiter les sanctuaires fameux, ou pour assister aux grandes fêtes religieuses ; comme nos temps modernes, l'antiquité avait ses pèlerinages.

On voyageait beaucoup pour sa santé, et il n'est pour ainsi dire pas une de nos stations d'eaux où l'on n'ait trouvé des traces d'antiquités établissant que déjà, à l'époque romaine, ces lieux étaient fréquentés par les malades.

Il y avait aussi les voyages de plaisir : Les gens riches et oisifs, que cette oisiveté même tourmentait parfois, cherchaient à tromper leur ennui et parcouraient les pays où ils espéraient trouver des distractions. « Les grandes civilisations raffinées, a écrit M. G. Boissier, qui créent tant de besoins à l'homme, en lui donnant l'habitude de satisfaire tous ses désirs, qui surexcitent sans cesse l'âme sans la contenter, amènent souvent avec elles un compagnon fâcheux, l'ennui.... On s'imagine toujours que le meilleur moyen de lui échapper c'est de changer de place, et l'on s'empresse de quitter sa maison et son pays. En vain les philosophes anciens répétaient que

(1) Pline XXXIV, XVIII (VII), 6.

l'on ne se délivre pas ainsi de ses soucis, qu'ils nous suivent fidèlement dans toutes nos excursions et « montent en croupe derrière nous » ; les philosophes ne corrigeaient personne, et les ennuyés du second siècle, comme ceux de nos jours, continuaient à chercher partout les spectacles inconnus, les plaisirs nouveaux qui pouvaient un moment les distraire (1). »

Mais ce sont surtout les voyages de commerce qui reçurent du nouvel état de choses une impulsion puissante. La Gaule, dont les produits variés donnaient lieu à un commerce d'exportation important, était parcourue en tous sens par les négociants étrangers, et, de toutes les contrées de ce pays, celle où le mouvement commercial se produisit avec le plus d'activité, c'est la vallée du Rhône ; elle a joué, à ce point de vue, un rôle considérable ; la circulation y était incessante, soit qu'elle s'effectuât par la route de la rive gauche dont nous nous sommes occupé, soit par le fleuve lui-même. L'examen topographique de la région suffirait pour expliquer l'importance exceptionnelle de cette double voie de communication. La vallée était pourvue d'un des principaux fleuves de la Gaule, dont le cours était le plus rapide, et qui plus que tous les autres méritait l'ingénieuse qualification de Pascal : c'était par excellence *un chemin qui marche*, et sa précieuse vitesse fut largement utilisée pour la descente. La vallée du Rhône était, en outre, par elle-même, un de ces sillons naturels qui semblent avoir été providentiellement destinés à rapprocher les peuples, à resserrer leurs intérêts et leur négoce : suivant une ligne droite de la Méditerranée à Lyon, cette vallée se prolongeait encore vers le nord, grâce à celle de la Saône qui la continue, et mettait en communication les contrées septentrionales et celles du midi. Cette heureuse disposition a été signalée par le plus éminent de nos géographes modernes ; parlant du rôle civilisateur joué par la vallée du Rhône dès

(1) G. Boissier, *Promenades archéologiques*, p. 198.

les temps les plus reculés, M. E. Reclus a dit : « S'il est vrai, d'une manière générale, que la civilisation a marché de l'est à l'ouest, en suivant, de rivage en rivage, le bassin de la Méditerranée, il n'est pas moins vrai que la ligne presque droite formée par le cours du Rhône et de son grand tributaire, la Saône, a forcé l'histoire, pour ainsi dire, à faire, en cet endroit, un brusque détour vers le nord, afin de gagner, par le chemin le plus facile, le versant océanique du continent. Dans la stricte acception du mot, l'étroite vallée du Rhône est devenue un grand chemin des nations ; Arles, Vienne, Lyon, Châlon, Dijon en sont les étapes » (1).

L'époque d'Auguste est une de celles où cette vallée historique reçut dans sa circulation une recrudescence nouvelle. Les renseignements précis que nous a laissés le géographe Strabon, nous permettent de nous représenter le grand mouvement commercial qui s'y produisit alors, et les échanges qui, par elle, s'effectuaient entre les pays du midi et du nord (2) :

Les marchandises de provenance méridionale et destinées aux contrées du nord, remontaient le Rhône jusqu'à Lyon ; puis la Saône ; on les transportait ensuite sur des chariots jusqu'à la Seine, qu'elles pouvaient descendre complètement. Elles étaient alors distribuées chez les différents peuples de la côte, ou bien elles parvenaient, en un jour, dans l'île *Britannia* (Angleterre).

· Les marchandises à destination de l'est passaient du Rhône dans la Saône, et de celle-ci dans le Doubs ; il était facile, quoique Strabon ne le dise pas, de descendre ensuite, soit la Moselle, soit le Rhin, et par ce dernier fleuve, de parvenir, de ce côté, jusqu'aux contrées les plus septentrionales.

---

(1) Elisée Reclus, *Géogr. de la France*, p. 176.
    Strabon avait déjà remarqué l'heureuse disposition de la vallée du Rhône ; V. sa *Géog.* IV, I.
    (2) Strabon, *Géog.* IV, I.

Les produits transportés dans le centre et l'ouest remontaient le Rhône, dans une faible étendue de son parcours, puis, chargés sur des chariots, parvenaient dans les pays du centre par la voie de terre, et dans ceux de l'ouest en descendant la Loire jusqu'à son embouchure. Pour ces contrées, le transport s'effectuait en grande partie par les voies de terre, à cause, dit Strabon, de la rapidité du Rhône et de la difficulté de le remonter (1).

Si nous résumons ce passage de Strabon et que nous le complétions par les données qui en découlent naturellement, nous verrons que la vallée du Rhône pourvoyait toutes les contrées situées au nord de la Gaule, et à peu près tout ce pays. Seule, la région du sud-ouest était, d'après le géographe ancien, desservie par les vallées de l'Aude et de la Garonne, ayant à leur tête Narbonne, un des grands ports de la Méditerranée.

Nous pouvons donc, grâce à Strabon, nous faire une idée de l'importante circulation dont la vallée du Rhône fut alors le théâtre, et nous nous représentons le double courant qui devait s'y produire parallèlement. La difficulté de la remonte du fleuve, au moyen du halage, faisant préférer souvent le transport par chariots ou à dos de mulets, on suivait cette antique route de la rive gauche, frayée depuis si longtemps déjà par les négociants phéniciens et massaliotes, et restaurée en dernier lieu par Agrippa. Tout près de là, les grands bateaux, *grandissimæ naves,* dont parle Ammien

---

(1) Ce passage de Strabon doit s'interpréter, croyons nous, comme il suit: les bateaux chargés de marchandises à distination du centre et de l'ouest s'arrêtaient sur le Rhône à *Ugernum,* Beaucaire, à l'endroit même où venait aboutir la voie Domitienne. Les chariots, sur lesquels on chargeait alors les marchandises, suivaient la voie *Domitia* jusqu'à Nîmes, puis remontaient, par l'importante voie du centre dite voie Régordane, jusqu'en Auvergne, et de là, jusqu'aux bords de la Loire.

Marcellin, remontaient le Rhône ou le descendaient encore plus souvent, afin d'utiliser sa rapidité (1).

De même qu'il s'était établi, le long des voies de terre, des entreprises de voitures, de bêtes de somme ou de trait pour le transport des voyageurs et des marchandises, de même aussi il s'était formé, dans nombre de villes riveraines des fleuves et de leurs affluents, des associations de bateliers, *nautæ*, pour le service de ces cours d'eau. Ces corporations devinrent puissantes et occupèrent parmi toutes les autres un des premiers rangs. A leur tête, il faut placer celle des bate-liers du Rhône et de la Saône,*nautæ Rodanici* et *Ararici*,dont le siège était à Lyon, au confluent de ces deux cours d'eau. Ensuite venaient celles qui desservaient leurs affluents. Un de ceux de la Saône, le Doubs, le seul qui ait été signalé par Strabon, devait avoir sa compagnie de bateliers ; mais il en existait beaucoup d'autres, même parmi ceux n'occupant au-jourd'hui qu'un rang inférieur, qui cependant ont été navi-gables dans l'antiquité, et à ce titre, parcourus par des *nautæ* qui en portaient le nom. Les inscriptions nous ont conservé le souvenir d'un certain nombre d'entre eux ; c'est ainsi que, dans la région méridionale, nous connaissons la corporation des bateliers de l'Ardèche, *nautæ Atricæ,* celle des bateliers de l'Ouvèze, *nautæ Ovidis,* celle enfin des bateliers de la Durance, *nautæ Druentici* (2). Au premier abord, on est étonné de voir des rivières comme celles que nous venons de nommer desservies par des compagnies de bateliers, et on se demande comment on a pu naviguer sur des cours d'eau dont le débit est insignifiant. L'existence de ces corporations dé-montre que les rivières dont il est question n'ont pas toujours

---

(1) Ammien Marcellin, XV, XI, 17.

(2) La corporation des *nautæ Druentici* est mentionnée dans l'inscrip-tion si connue de St-Gabriel, l'antique *Ernaginum,* où coulait une branche de la Durance.

été ce qu'elles sont aujourd'hui, mais que, depuis l'antiquité, leur état a subi de notables changements. Par suite de l'étendue considérable de forêts qui recouvraient notre sol, leur débit normal était, il y a deux mille ans, beaucoup plus important. Le volume d'eau que des sources plus nombreuses, plus abondantes, et des pluies fréquentes leur fournissaient régulièrement, a été depuis longtemps épuisé par l'ardent soleil du climat méditerranéen et sa sécheresse persistante (1). De plus, il faut considérer que, loin d'être entièrement navigables, ces différentes rivières ne pouvaient être remontées que dans la partie inférieure de leur cours. Ainsi, en ce qui concerne les *nautæ* de la Durance, on croit qu'ils ne dépassaient pas Pertuis (2). Depuis les embouchures de la rivière jusqu'à ce point, s'échelonnaient sur l'une ou l'autre rive quelques localités devant lesquelles s'arrêtaient les bateaux. Nous disons les embouchures, parce qu'à cette époque

---

(1) A propos de la Durance, il faut tenir compte aussi des nombreuses saignées pratiquées pour le service des canaux d'arrosage. Depuis quarante ans seulement, le débit de cette rivière a très sensiblement diminué ; des trains de bois ou radeaux qui la descendaient, au début de cette période, sont devenus impossibles aujourd'hui.

Quant à l'Ardèche, elle est encore navigable, à partir de son embouchure, pour tous bateaux sur une étendue de 8 kil., et pour les bateaux de petite dimension, sur 30 kilom. ; elle est flottable sur 109. En fait, des bateaux portant des charges de 2.500 à 5.000 kilos, remontent encore aujourd'hui le cours de l'Ardèche pour aller chercher sur ses rives du charbon, du bois de chêne vert ou des rais de voitures. La crue qui survient périodiquement, vers la fin du mois d'octobre, facilite encore plus ce service de batellerie.

(2) Des chartes du XIIe siècle mentionnent le *portus* de Pertuis et les *naves* ou bateaux qui s'y arrêtaient.

Cette localité est considérée comme ayant été, à toutes les époques, un lieu de passage important sur la Durance. Une très ancienne voie, qu'on appelle vulgairement en provençal *camin salié*, c'est-à-dire chemin servant au transport du sel, partait de Berre, et passant par la Fare, Sauzet, Beaulieu et Puy-Ste-Réparade, aboutissait à la Durance, en face de Pertuis. (V. *Statist. des Bouches-du-Rhône*, 2, p. 234-235.)

la Durance se divisait en deux bras, en aval du village de
Châteaurenard ; l'un qui existe encore, se jetait au Rhône au
dessous d'Avignon ; l'autre, aujourd'hui disparu, déversait ses
eaux dans les étangs situés au dessus d'Arles (1). Les bateliers desservaient, sur la première branche, la localité de
Bellintum, Barbentane ; sur la seconde, celle d'*Ernaginum*,
St-Gabriel. En amont encore, était situé le *vicus* de Caumont
de *Cavo monte*, s'élevant, à cette époque, sur les hauteurs au
pied desquelles est assis le village moderne de ce nom (2),
et avant d'arriver à Pertuis, l'antique bourgade du petit
peuple des *Caudellenses*, également bâtie au sommet du rocher
dominant le village actuel de Cadenet (3). Mais le port où les
nautæ s'arrêtaient le plus souvent, le véritable *emporium*
était *Cabellio*, Cavaillon, ville heureusement située, double-
ment desservie par cette voie fluviale et par la grande route

(1) Le bras de la Durance qui confondait ses eaux avec celles des étangs
situés au-dessus d'Arles, porte dans les chartes du moyen-âge le nom de
Durançole ou petite Durance, ce qui fait supposer que l'autre était le bras
principal. Le lit de la *Durançole* se ferma au XII° siècle et prit la dénomination de canal des *lones (Statist. des Bouches-du-Rhône,* II, p. 1051.)

(2) La Durance, à l'époque romaine, devait couler non loin des falaises argileuses au sommet desquelles s'élevait le *vicus* de *Cavo monte*, et
où il n'avait pas à redouter les ravages de ses débordements. C'est ce qui
explique qu'il n'eût pas abandonné les hauteurs pour s'établir dans la plaine,
comme le village actuel. On voit encore sur l'emplacement de l'ancienne
localité les ruines d'un édifice gallo-romain bâti en petit appareil.

(3) L'*oppidum* des *Caudellenses* était situé sur la colline dite du *Castel-
las.* On y a trouvé plusieurs inscriptions portant avec le nom de cette
peuplade celui d'une déesse topique, *Dexiva* ou *Dexivia*, dont le temple devait
s'élever à cet endroit. On y a pareillement découvert un véritable trésor
composé d'objets antiques d'or et d'argent, dont la description a été donnée
par M. E. Calvet (V. à la Bibl. d'Avignon, Manusc. d'E. Calvet, II, p. 302.

Le territoire des *Caudellenses*, qui, d'après les limites des anciens
diocèses, faisait partie de la *civitas* d'Aix, était rattaché à celui des *Vulgientes* par l'importante voie secondaire établie dans l'étroite vallée qu'on
appelle aujourd'hui la *combe* de Lourmarin, et que nous avons mentionnée
plus haut, dans notre mémoire. D'après M. Moirenc (*Projet imp. d'une carte
top. de la Gaule,* p. 44), cette voie était la continuation de celle qui, sur
l'autre rive de la Durance, aboutissait en face de Pertuis, et qu'on appelle
encore en provençal *camin salic*, chemin du sel.

des Alpes Cottiennes qui la traversait de part en part ; c'est Cavaillon surtout qui dut contribuer à l'établissement de la corporation des *nautæ Druentici*.

Quant aux bateliers de l'Ouvèze, *nautæ Ovidis,* ils en re-. montaient vraisemblablement le cours jusqu'à *Vasio,* Vaison, la brillante capitale des Voconces, assise sur la rive droite de la rivière, et dont l'importance, comme celle de Cavaillon, avait sans doute puissamment contribué à la formation de la compagnie de bateliers qui la desservait.

Nous avons dit plus haut que les corporations de ba-teliers occupaient un des premiers rangs. Elles jouis-saient d'une grande considération ; ce qui peut en donner une idée ce sont les honneurs qu'elles recevaient dans des villes quelquefois fort éloignées de leur siège. Ces honneurs, cette considération trouvent leur explication dans les services qu'elles rendaient au commerce de la Gaule. Ainsi, nous voyons que Nîmes avait réservé au premier rang de son am-phithéâtre quarante places aux bateliers du Rhône et de la Saône (1), et vingt-cinq à ceux de l'Ardèche et de l'Ou-vèze (2). La distinction dont ces associations avaient été

---

(1) Cela résulte d'une inscription, qu'on peut lire sur le podium de l'amphithéâtre de Nîmes. Reproduite en partie dans le savant commen-taire de la carte de Peutinger de M. E Desjardins, au mot *Lugduno,* elle est ainsi conçue :

D · D · D · N · N̄ · RHOD · ET · ARAR · XL · D · D · D · N

C'est-à-dire :

Data (sous entendu *loca numero) decreto decurionum Nemausensium nau-tis Rhodanicis et Araricis quadraginta data (loca numero) decreto decurionum Nemausensium.*

(2) La curie de Nîmes avait également réservé aux bateliers de l'Ar-dèche et de l'Ouvèze vingt-cinq places sur les gradins de son amphithéâtre, et c'est par une inscription gravée sur le *podium* de ce monument que nous a été révélée l'existence de cette double corporation ; elle se lit comme suit :

N̄ · ATR · ET · OVIDIS · LOCA · N · XXV

Mentionnée par M. Pelet, dans sa *Description de l'amphithéâtre de Nîmes,*

l'objet de la part de cette ville, paraît établir que Nîmes,
qui était devenue une des plus belles colonies de la Narbonnaise, entretenait elle-même, dans l'intérêt de son commerce
et de l'écoulement de ses produits, des rapports fréquents
avec ces corporations, et surtout avec la plus puissante de
toutes, celle des bateliers du Rhône, auquel elle était reliée
directement par la voie *Domitia*.

Il ne faut pas s'étonner si, au milieu de ce courant d'affaires, se développèrent dans la vallée du Rhône, des centres

---

p. 82, elle a été interprétée par M. E. Germer-Durand de la façon suivante:
Nautis Atricae et Ovidis loca numero quinque et viginti.
C'est-à-dire :
« Aux bateliers de l'Ardèche et de l'Ouvèze vingt-cinq places. »

La dénomination latine du second cours d'eau se rapporte sans nul doute
à l'Ouvèze ; *Ovidis* est le génitif d'*Ovidis* ou d'*Ovide* ; le nom de cette rivière, au moyen-âge, était presque identique : dans une charte de la princi-
pauté d'Orange de 1239 nous lisons : «*Aqua fluminis Ovede*»; dans une autre
de même provenance et de 1289 :« *Habere jus et habere debere et suos post eum
in perpetuum successores ducendi aquam fluminis Ovede per bedale* ». Comme
on le voit, *Ovede* est, à très peu de chose près, l'*Ovidis* de l'inscription et
semble reproduire moins une lettre le nominatif latin *Ovide*. (Documents
comm. par M. Duhamel, arch. du dép. de Vaucluse.)

Strabon nous dit que la Sorgue se jette dans le Rhône près de *Vindalium*. On sait, d'autre part, que cette rivière se réunit à l'Ouvèze, au village de Bédarrides. Il semble résulter de ce passage du géographe ancien
que dans l'antiquité, comme de nos jours, le nom de la Sorgue servait à
désigner ces deux cours d'eau à partir de leur confluent. Les bateliers de
l'Ouvèze devaient remonter cette rivière, après avoir remonté la Sorgue
depuis son embouchure.

Reste l'identification du premier cours d'eau qui est en abrégé dans l'inscription ; la question est plus délicate. D'après M. E. Germer-Durand,
ATR serait pour *Atr(icæ)*, génitif d'*Atrica*, et ce mot serait le nom antique de l'Ardèche.

Ici, nous ne sommes plus aussi bien servi par les anciennes chartes :
cette rivière s'est appellée successivement *Entica* et *Ertica* jusqu'au x°
siècle ; puis, *Ardesca*, *Ardecha* et *Ardechia*. La dénomination qui se rapproche le plus de celle de l'inscription est *Ertica* ; il faut même reconnaître
que ces deux mots ont assez d'analogie, et que le nom romain d'*Atrica* a
pu devenir, par une légère corruption, *Ertica*.

(Renseignements fournis par M. P. d'Albigny, secrétaire de la Soc.
scient. de Privas.)

commerciaux de premier ordre. Arles et Lyon étaient, à l'époque qui nous occupe, les deux principales villes entre lesquelles s'échangeaient les produits du midi et du nord. Nous
avons vu comment, à une époque antérieure, le commerce
florissant des Grecs de Marseille avait fait de la première le
grand marché de la région du Bas-Rhône. Son importance,
à ce point de vue, se continua pendant l'époque romaine. Au
V° siècle, sous Honorius, c'était encore le port où se ren-
contraient les navires de toutes les contrées du monde ; un
édit de cet empereur, souvent cité, nous montre « le riche
Orient, l'odorante Arabie, l'élégante Assyrie, la fertile Afri-
que, la belle Espagne, la valeureuse Gaule y apportant leurs
plus précieux trésors et les y entassant en si grande abondance, que l'on pouvait considérer comme naturels à cette
ville tous les produits qui sont l'honneur de toutes ces contrées. » Lyon devenu, sous Auguste, la capitale de la Gaule,
fut à partir de cet empereur, le principal entrepôt des marchandises échangées entre le nord et le midi, et de même
qu'Arles reliait le commerce de la Méditerranée à celui du
Rhône, de même aussi Lyon doit être considéré comme ayant
été l'intermédiaire entre la navigation de ce fleuve et les pays
septentrionaux (1). Un des principaux commerces de transit
qui s'y faisaient était celui des vins. C'est là que s'entrepo-
saient ceux que la Narbonnaise expédiait aux provinces du
nord. La corporation des négociants en vins de Lyon, *ne-
gotiatores vinarii*, nous est représentée par les inscriptions
comme étant la plus puissante et la plus considérée de toutes (2).

Placées entre Arles et Lyon, plusieurs autres villes devinrent aussi des centres de commerce d'une certaine importance,
ayant avec leur organisation spéciale un port où faisaient

---

(1) Strabon dit que les Romains avaient fait de Lyon le centre de leur
commerce. (*Géog.* IV, III.)

(2) V. Boissieu, *Insc. ant. de Lyon*, p. 160 et 209.

6

escale les bateaux qui montaient ou descendaient le Rhône. Ces différentes villes ont marqué, suivant l'expression de M. E. Reclus, les étapes de cette navigation fluviale.

Le territoire des anciens Cavares, se déroulant comme un étroit ruban le long du fleuve, était peut-être mieux disposé que tous les autres pour profiter du grand courant commercial et civilisateur qui parcourait la vallée, et plus qu'aucune des cités, ses voisines, Avignon put en bénéficier ; c'est, en effet, la seule de ce territoire qui fût placée au bord même du Rhône, et on ne saurait se dissimuler l'importance que ce fleuve a eu, de tout temps, dans ses destinées. C'est grâce à cette situation exceptionnelle, qu'à l'origine de son histoire, et alors qu'elle n'était qu'un modeste bourg cavare, nous lui avons attribué avec le titre de capitale, la prééminence qu'elle dut avoir sur les autres villes de ce pays. C'est aussi grâce au voisinage du Rhône, que, postérieurement et lors de la plus grande prospérité de Massalia, elle devint une véritable ville grecque par le commerce, la langue et les mœurs. Ce rôle prépondérant, elle le conservera pendant tout le moyen-âge et jusqu'à notre époque moderne : on se souvient du mouvement et de l'importance des affaires que lui procurait, il n'y a pas si longtemps encore, la navigation de son beau fleuve. Il n'a pas fallu moins que la découverte de la vapeur pour opérer une véritable révolution ; les chemins de fer ont porté un coup mortel à la navigation du Rhône, et, en déplaçant le mouvement, ont mis fin à un état de choses qui remontait à la plus haute antiquité.

L. ROCHETIN.

APPENDICE

PASSAGE DU RHONE PAR ANNIBAL

OUT d'abord, à propos du passage du Rhône par Annibal, nous discuterons une opinion qui se rat_ tache à notre étude sur le pays cavare et les routes qui le desservaient. Elle émane d'un savant qui a une autorité considérable, et à ce point de vue encore nous devons nous y arrêter. M. Mommsen a fait passer le Rhône à Annibal en face d'Avignon (1). Le savant allemand se contente de donner son opinion sans l'appuyer d'aucune considération. En la supposant vraie, le général Carthaginois, après avoir quitté à Nîmes, la grande voie Domitienne pour prendre celle de Bezouce et aboutir au Gardon, au point où est Remoulins, aurait ensuite suivi la voie secondaire dont nous avons indiqué le tracé dans notre mémoire (2).

L'opinion de M. Mommsen nous paraît devoir être rejetée pour plusieurs motifs : outre l'argument tiré des indications fournies par Polybe, au point de vue des distances (3), on peut lui en opposer deux autres : l'un puisé dans l'examen topographique des lieux, l'autre dans les données historiques.

---

(1) Mommsen, *Histoire Romaine*, 1re éd., II, p. 320. M. Cambis-Velleron dans ses *Annales man.* sur Avignon, I, p. 1, a émis la même opinion.

(2) V. plus haut, p. 41, note 2.

(3) Suivant Polybe, le camp d'Annibal sur le Rhône était à égale distance de la mer et de l'embouchure de l'Isère, c'est-à-dire à 600 stades (111 k.) ou à 4 journées de marche (Polybe, III.)

Occupons-nous d'abord de la question topographique :

Annibal arrivait au bord du Rhône à la tête d'une armée de 50,000 hommes environ, dont 10,000 cavaliers numides ; il avait besoin de trouver sur les deux rives du fleuve une vaste plaine où il pût déployer ses troupes, les embarquer et les débarquer commodément. Or, en face d'Avignon, les bords du Rhône présentent des falaises escarpées, n'offrant çà et là pour arriver au fleuve que des pentes rapides, fort peu propices, par conséquent, à ces différentes opérations. A ce premier point de vue, il faut le reconnaître, l'endroit eût été bien mal choisi.

- Le second argument, qui nous est fourni par l'histoire, est celui-ci :

Les Grecs de Marseille, en développant leur commerce et en multipliant leurs comptoirs, avaient étendu leur influence non seulement sur le littoral méditerranéen, mais même assez avant dans l'intérieur des terres ; la Durance avait été dépassée ; Avignon et Cavaillon, dans le pays cavare, étaient devenus des villes grecques. D'autre part, les Massaliotes étaient les alliés fidèles des Romains. Annibal avait donc intérêt à passer le Rhône bien au dessus de la Durance ; il devait craindre avec juste raison que pour soutenir la cause des Massaliotes et des Romains tout à la fois, Avignon ne les prévînt de son approche et ne lui disputât le passage. La traversée du Rhône était avec celle des Pyrénées et des Alpes une des opérations difficiles de son entreprise ; la largeur et la rapidité de ce fleuve le rendaient redoutable ; il était essentiel pour l'armée Carthaginoise de le passer sans encombre, et de ne pas donner aux Romains le temps de survenir ; la route d'Italie pouvait lui être interceptée, et l'entreprise échouer misérablement. Annibal en était tellement préoccupé qu'il se porta au bord du Rhône à marches forcées. Le consul Scipion, envoyé de Rome avec une armée pour l'arrêter au passage, et qui ne s'attendait pas à tant de célérité, fut tout étonné d'apprendre, en arrivant sur le rivage méditerranéen, que l'armée Carthaginoise était déjà sur le fleuve, et lorsque le corps de cavalerie chargé par le consul romain d'empêcher la traversée y arriva, cette opération avait eu lieu et les Carthaginois campaient sur la rive gauche.

Telles sont les deux considérations que nous opposons à l'opinion de M. Mommsen, et il nous semble quà elles seules elles ne sont pas dénuées de force.

Nous voulons maintenant dire un mot de l'itinéraire suivi par Annibal, à propos de l'opinion d'après laquelle il a passé le Rhône à l'Ardoise, un peu au dessus de Roquemaure, opinion que nous adoptons avec plusieurs auteurs (1). Mais nous ne reviendrons pas sur la marche de l'armée Carthaginoise à travers le midi de la Gaule ; cette étude a été consciencieusement faite par M. Hennebert, et nous pensons avec M. Desjardins que, « si Annibal s'écarta de la direction des routes romaines tracées plus tard d'après l'ancienne voie Domitienne, cet écart dut être tout à fait insignifiant (2). »

---

(1) Napoléon Ier n'a pas précisé l'endroit où le général carthaginois traversa le Rhône, mais il estimait qu'il l'avait passé au-dessus de l'embouchure de la Durance, parce qu'il ne voulait pas se diriger vers le Var, et au-dessous de l'embouchure de l'Ardèche, parce que là commence cette chaîne de montagnes presque à pic qui domine la rive droite du Rhône. (Notes sur *Les considérations* du général Rogniat, publiées par Montholon.)

Certains auteurs ont recherché, entre ces limites extrêmes, le point précis où avait dû s'effectuer le passage.

M. Martin, de Bagnols, a signalé au monde savant le point de l'Ardoise comme ayant été, de tout temps, un passage connu et fréquenté. D'après lui, la traversée du Rhône s'y serait effectuée, au moyen-âge, jusqu'à la construction des ponts St-Esprit et St Bénézet. (V. *Notice des travaux de l'Académie du Gard*, 1811.) Avec lui, plusieurs auteurs ont considéré l'Ardoise comme l'endroit où avait passé l'armée Carthaginoise. Ces auteurs sont : Amédée Thierry, *Hist. des Gaulois*, I, p. 319 ; de Lavalette, *Recherches sur l'histoire du pass. d'Annibal d'Espagne en Italie*, p. 43 ; Hennebert, *Hist. d'Annibal*, I, p 434.

(2) E. Desjardins, *Géographie de la Gaule rom.* II, p. 265.

C'est sur la dernière partie seulement de cet itinéraire, c'est-à-dire depuis le Gardon jusqu'au Rhône, que nous voulons revenir en quelques mots, parce que c'est sur celle-là que nous différons d'avec le savant auteur de la *Vie d'Annibal*.

M. le capitaine Hennebert nous dit, qu'après avoir suivi, à partir de Nîmes, la voie qui passait par Marguerittes, Bezouce, Sernhac et avoir traversé le Gardon à Remoulins, Annibal tourna brusquement à droite pour gravir le plateau élevé de Signargués et suivre la voie qui, le traversant du couchant au levant, passait au pied du rocher sur lequel s'élève la chapelle de Notre-Dame-de-Rochefort, laissait à gauche le village de Tavel, et aboutissait par Roquemaure à la plaine de l'Ardoise (1). Pour parvenir au passage du Rhône, à l'Ardoise, Annibal avait à sa disposition une route plus importante et aussi directe que celle-là. M. le capitaine Hennebert devait en ignorer l'existence, puisque nous ne la trouvons pas mentionnée dans son ouvrage, et cependant il faut en tenir grand compte. Nous en indiquerons la direction, d'après le beau travail de M. Charvet sur *Les voies romaines chez les Volces Arécomiques* (2). Ce chemin, que des actes du XIII° siècle désignent sous le nom de *chemin romieu*, suivait, après la traversée du Gardon à Remoulins, le tracé de la route qui conduit au village de Valliguière, parcourait la *combe* de ce nom et, s'élevant jusqu'au village de Pouzilhac,

---

(1) Hennebert, idem. I, p. 434.

En faisant suivre à Annibal, pour parvenir au passage de l'Ardoise, la route dont il est question, Hennebert semble s'être laissé séduire par la roche *encise* appelée *passage d'Annibal* qu'on voyait, il a peu de temps encore, un peu au couchant de Roquemaure, et que la tranchée du chemin de fer a fait disparaître. Cette dénomination ou d'autres analogues que l'on retrouve sur tout le parcours de l'itinéraire suivi par Annibal, ne doit être considérée par l'historien que comme une donnée vague et générale plutôt que comme un document sérieux de nature à donner de la précision au fait particulier qui nous occupe.

(2) Charvet, *Les voies romaines chez les Volces Arécomiques;* p. 85 et 90.

redescendait ensuite par la *combe* de Gaujac jusqu'au Tave. Immédiatement après ce ruisseau, un embranchement important, se détachant de la voie principale, sur la droite, suivait le pied du massif montagneux sur lequel était assis l'*oppidum* de Laudun, vulgairement appelé *camp de César*, et aboutissait au Rhône, à l'Ardoise, où existait un passage anciennement connu et fréquenté. La voie dont nous venons d'indiquer le tracé depuis le Gardon jusqu'à la traversée du Tave, était un segment de celle qui desservait la rive droite du Rhône depuis Beaucaire jusqu'à Lyon. C'était la plus importante de ce côté là et, à ce titre, elle correspondait à celle d'Agrippa, de la rive gauche. Nul doute que, comme toutes les voies principales du midi de la Gaule, elle n'eût été frayée bien avant l'occupation romaine. S'écartant d'abord du Rhône, dans son parcours de Beaucaire au Tave, elle s'en rapprochait de nouveau à ce dernier point, et finissait par l'atteindre à Pont-Saint-Esprit. Elle était certainement la plus suivie de toutes, la plus large, et partant, la plus commode pour une armée comme celle des Carthaginois, qui traînait à sa suite une foule d'*impedimenta*, tels que les éléphants et les 10,000 chevaux de sa cavalerie. Il est donc rationnel de penser que c'est celle qu'Annibal a suivie pour prendre ensuite, après le Tave, l'embranchement de Laudun par lequel on arrivait immédiatement à la plaine et au passage de l'Ardoise. Outre les facilités de parcours que lui procurait cette route, elle lui permettait de rester tout le temps éloigné d'Avignon, la ville grecque, la ville ennemie, dont il redoutait certainement le voisinage.

Ajoutons, en terminant, que c'est cette même route qu'Hannon, lieutenant d'Annibal, suivit avec son détachement, jusqu'à la hauteur de Pont-Saint-Esprit, où elle le conduisait directement, pour y passer le Rhône, et venir prendre par derrière les Volces Arécomiques qui, massés sur la rive gauche,

voulaient empêcher l'armée Carthaginoise de passer (1).
Pont-Saint-Esprit est, en effet, considéré généralement comme le point où Hannon a traversé le fleuve ; comme à l'Ardoise, il y existait un passage ancien et connu. La route
commode dont nous nous occupons, les distances indiquées
par les auteurs anciens, ainsi que la topographie des lieux,
concourent pous appuyer cette opinion.

(1) Comme pour Annibal, au lieu de faire suivre à son lieutenant la
principale voie de la rive droite du Rhône qui, après la traversée du Tave,
passait par Bagnols, pour aboutir directement au Pont-St-Esprit, M. Hennebert a fait prendre à Hannon une petite voie secondaire qui, remontant
la Cèze par la rive droite jusqu'à Bagnols, passait ensuite sur la rive gauche de cette rivière, et ne parvenait au Rhône qu'après un long détour par
St-Michel d'Euzet et Carsan.

L. R.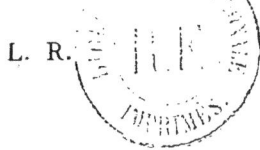

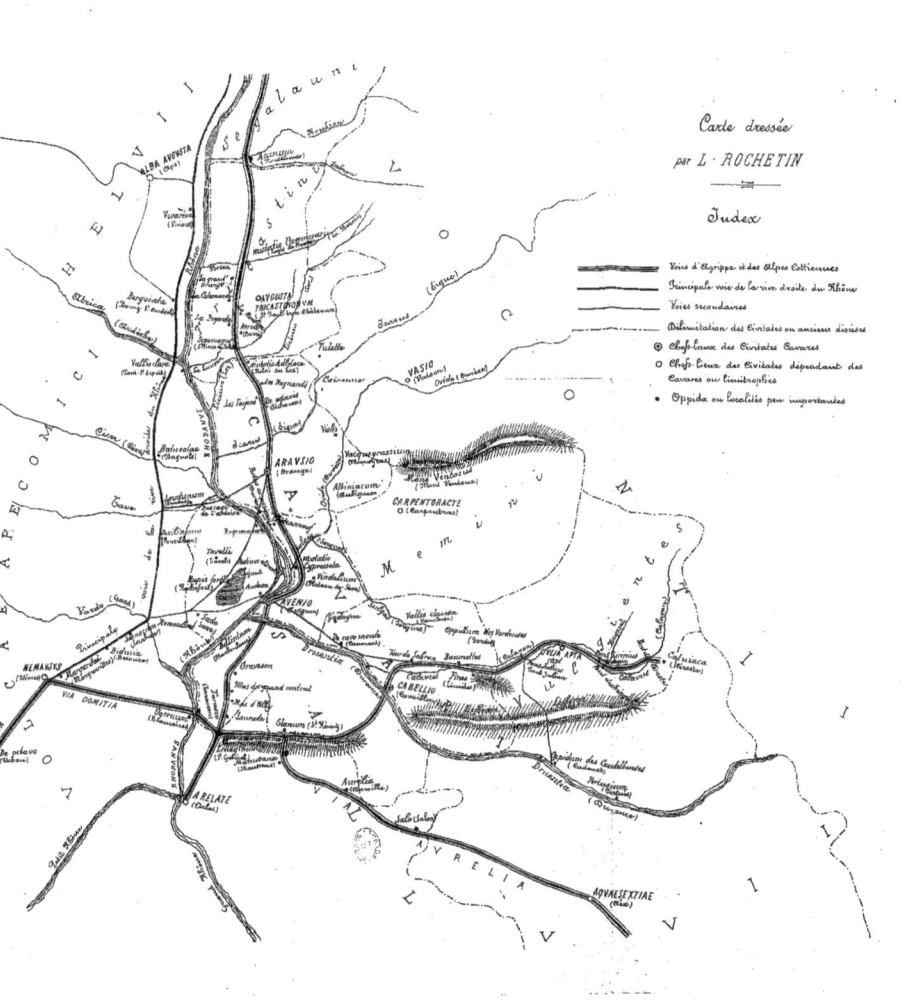

Carte dressée
par L. ROCHETIN

Index

Voie d'Agrippa et des Alpes Cottiennes
Principale voie de la rive droite du Rhône
Voies secondaires
Délimitation des Civitates ou anciens diocèses
Chefs-lieux des Civitates Cavares
Chefs-lieux des Civitates dépendant des Cavares ou limitrophes
Oppida ou localités peu importantes

www.ingramcontent.com/pod-product-compliance
Lightning Source LLC
Chambersburg PA
CBHW060433260626
47161CB00005B/1910